D1180437

Catwalkgirl
Glamour & paparazzi

# Catwalkgirl

# Glamour & paparazzi

Marieke Ordelmans

Manteau

© 2011 Uitgeverij Manteau / WPG Uitgevers België nv, Mechelsesteenweg 203,
B-2018 Antwerpen en Marieke Ordelmans

www.manteau.be
info@manteau.be

Vertegenwoordiging in Nederland
WPG Uitgevers België
Herengracht 370/372
NL-1016 CH Amsterdam

Omslagontwerp: Hanna Maes
Foto omslag: © Renee Nowytarger / Newspix / Rex Features (Hollandse Hoogte)
Vormgeving binnenwerk: Crius Group, Hulshout, België
Foto achterplat: Koen Broos

ISBN 978 90 223 2555 1
D/2011/0034/437
NUR 284

# 1

Een schel geluid vulde de slaapkamer van Jill. En nogmaals.
Het leek maar niet te stoppen. Langzaam opende Jill haar
ogen. Aan het licht dat door de gordijnen piepte, zag ze dat
het al dag was. De zon scheen fel en in de boom vlak onder
haar raam was een mus vrolijk aan het fluiten. 'Laat me
nog heel even met rust', verzuchtte Jill half slaperig tegen
niemand in het bijzonder. Haar hoofd voelde zo zwaar en ze
had het gevoel dat ze nog maar twee uur in bed lag. Weer dat
geluid. Ze hoorde het al de hele morgen. Eerst dacht ze dat
het voorkwam in haar droom, maar nu ze wakker was hoorde
ze het nog steeds. Het hield maar niet op. Heel irritant. Jill
draaide zich om en sloeg de dekens over haar hoofd.

Het hielp niet. De slaap was weg en opeens drong het tot
haar door waar het geluid vandaan kwam. Het was de
telefoon! Die hoorde ze al de hele morgen rinkelen. Er zal
toch niet iets ergs gebeurd zijn? schoot het een seconde
lang door haar hoofd. Maar opeens wist Jill het weer...
*Supermodel in de maak*. Natuurlijk! Hoe kon ze dat nou
vergeten! Als door een wesp gestoken sprong Jill uit bed. Zij
was het nieuwe supermodel. Het duurde even voordat ze

helemaal wakker was, maar nu wist ze alles weer. Nee, het was geen droom. Zij had gisteravond de finale gewonnen van het televisieprogramma *Supermodel in de maak*. Nou ja, eigenlijk al weken daarvoor, maar het was pas gisteren uitgezonden op televisie. Zes weken lang had ze in een groot modellenappartement gewoond in de hoofdstad, met twaalf andere kandidaten en heel veel camera's. Gisteren hadden ruim 1,2 miljoen mensen gezien hoe zij werd gekroond tot het nieuwe topmodel. Zij, Jill van den Broek, een zeventien-jarige tiener uit een klein dorp, was vanaf vandaag opeens een bekend persoon. Een celebrity, zoals haar beste vriendin Britt vol bewondering zei. Iedereen had haar gisteravond na de uitzending uitbundig gefeliciteerd in het café waar ze het samen hadden bekeken. Familie, vrienden, kennissen, maar ook mensen die ze amper kende. Best raar. Marloes en Sammy uit klas 5b hadden haar nooit een blik waardig gekeurd en gisteren zoenden ze haar alsof ze al jarenlang beste vriendinnen waren.

Beneden rinkelde de telefoon vrolijk door. Jill hoorde haar moeder iedere keer weer beleefd de beller te woord staan. 'Nee, ze slaapt nog. Ze belt u later op de dag terug. Ja, dag mevrouw.'

Haar *personal coach* van NET10, de televisiezender die *Supermodel in de maak* uitzond, had haar al voorbereid op deze drukte. 'Zodra bekend wordt dat jij gewonnen hebt, wil iedereen je spreken. Interviews, fotoshoots, optredens, commerciële klussen. Ze vragen je voor alles', had Mandy gezegd. Jill nam het allemaal niet zo serieus. De weken tussen de finale en de eerste uitzending door had ze nog helemaal niets hoeven te doen. Logisch ook, want het was nog niet bekendgemaakt wie er had gewonnen. Dus haar leven was vrijwel gewoon doorgegaan zoals het ook was voordat ze het modellenhuis inging voor de opnames. Het enige wat er was veranderd was dat ze, sinds het programma op televisie uitgezonden was, werd herkend: op straat, in de supermarkt en op school staarde iedereen haar aan. Kortom, haar leven stond nog niet op z'n kop. Daarom had ze ook maar één of twee telefoontjes verwacht, meer niet. Omdat ze er zelf ook helemaal niet meer mee bezig was. Maar Mandy schudde haar hoofd. 'Zet je mobieltje maar uit, anders word je 's nachts al wakker gebeld. Let op mijn woorden. Je bent een prooi voor de media.'

Jill twijfelde aan haar woorden, maar omdat haar nachtrust haar heilig was, zeker na zo'n lange en drukke avond als gisteren, had ze haar mobieltje voor de zekerheid maar uitgezet. Best jammer, want daardoor miste ze ook haar slaapwelsms'je van Wouter. Hij was al bijna een halfjaar haar vriendje en hij sms'te haar iedere avond voor het slapengaan. Zo'n lieverd!

Op weg naar haar kledingkast keek Jill naar zichzelf in de spiegel. Haar blond geverfde haren zaten als een vogelnestje op haar hoofd geplakt, een restje mascara kleurde haar wallen en haar huid zag een beetje grauw van de korte nacht. 'En dit moet dan een supermodel voorstellen', mompelde Jill. 'Ik zie er niet uit.'

Ze schoot snel in haar paarse badjas en rende naar beneden. De huistelefoon ging alweer over en zo langzamerhand kreeg ze medelijden met haar moeder. Echt, hoe kwamen ze in hemelsnaam allemaal aan haar telefoonnummer?! Die persratten ook...

'Jill! Goedemorgen, lieverd! Wat ben ik blij dat je wakker bent. Het lijkt wel of de hele wereld op zoek is naar mijn kleine meisje!'

Jill keek haar moeder lachend aan en gaf haar een dikke kus.

'Dag mam, jij ook een goede morgen.'

'Heb je wel een beetje kunnen slapen? Je ziet eruit alsof je al wekenlang geen bed meer hebt gezien.'

'Je wordt bedankt. Fijne moeder heb ik.'

'Een kop koffie zal je goeddoen. Ga lekker zitten, dan maak ik een ontbijtje voor je.'

Met een harde plof zakte Jill onderuit op de keukenstoel. Op tafel stonden drie grote bossen bloemen.

'Zijn die voor mij?' vroeg Jill verbaasd.

Haar moeder knikte. 'Ja, die zijn een uur geleden voor je bezorgd. Ik wist niet dat bloemisten al zo vroeg uit de veren waren.'

Jill snoof de geur van de rode rozen op en bekeek het kaartje dat erbij zat. 'Lieve Jill. Gefeliciteerd met de overwinning. We zijn trots op je. Dat je nog een glansrijke carrière als model tegemoet mag gaan. Groetjes, oom Jan en tante Leni.'

Jill glimlachte. Wat lief van haar oom en tante om een bos bloemen te sturen! Snel las ze de kaartjes van de andere boeketten. Eén was van de directeur van haar middelbare school, een man die ze eigenlijk verschrikkelijk vond, en de grootste bos was van de redactie van NET10. 'Jij wordt vast een wereldster', stond er op het kaartje.

Haar moeder zette een dampende mok koffie op tafel en een bord met geroosterde boterhammen met chocoladepasta. Heerlijk vond Jill dat. Door het warme brood smolt de pasta zo lekker. Ze kon makkelijk zes boterhammen op 's morgens vroeg, al zou je dat niet zeggen als je haar smalle lichaam zag. Ze kon eten wat ze wilde, maar kwam geen grammetje aan. Jennifer van Amazing Models had na de finale nog wel iets geroepen over 'gezond blijven eten', maar na een week of twee was Jill dat eigenlijk al weer vergeten. Eten was veel te lekker! Al moest ze soms wel een beetje opletten. Na een avondje chips en chocolade zat er de volgende morgen standaard een pukkel op haar kin. Ook niet iets waar een model blij mee moest zijn.

'Mandy belde net, ze is over een uurtje hier. Ik geloof dat ze de agenda voor de komende dagen met je wil doornemen.'

Jill knikte. 'Dat zei ze gisteravond al, ja. Ik hoop niet dat ik een week lang volgeboekt ben, want ik heb Wouter beloofd om vanavond langs te komen en Amber geeft volgende week haar verjaardagsfeest.' Amber was een van haar beste vriendinnen. Samen met Britt en Jansje. Ze kenden elkaar al jaren en waren vriendinnen door dik en dun. Omdat ze bij elkaar op school zaten, zagen ze elkaar iedere dag. En zelfs tijdens de laatste weken, waarin haar leven behoorlijk veranderd was, bleven ze haar steunen.

Weer ging de telefoon en haar moeder rende al naar de huiskamer.

'Mam, laat dat ding toch lekker rinkelen. Je lijkt mijn secretaresse wel.' Maar haar moeder had al opgenomen.

'Nee, Jill is niet bereikbaar.' Stilte. 'Ik zal het aan haar doorgeven. Wat is uw naam?' Stilte. 'Denise van? Oh, van *Cosmopolitan*. Hoe schrijf ik dat?' hoorde Jill haar moeder vragen. 'Oké, ik zal zeggen dat u gebeld heeft.' Haar moeder krabbelde het telefoonnummer van Denise op een briefje dat naast de telefoon lag en kwam terug naar de keuken.

'Hier, de lijst van mensen die je moet terugbellen.' Haar moeder schoof een volgeklad A4'tje voor haar neus.

Jill scande vluchtig alle namen en al snel begon het haar te duizelen. *Marie Claire, ELLE, Cosmopolitan, Flair...* alle bladen die ze altijd in de boekhandel met haar vriendinnen doorbladerde, stonden op het briefje. Maar ook de plaatselijke krant, de grootste radiozender van het land en zelfs acht televisieprogramma's hadden haar gebeld!

'Wat moet ik hiermee? Ik kan ze toch nooit allemaal terugbellen? Wat willen ze toch van mij?'

'Ik denk dat ze je willen interviewen, schat. Ik kan het ook haast niet geloven. Je bent echt een ster aan het worden.'

'Eh, ik weet opeens niet of ik dat nog wel zo leuk vind. Ik weet echt niet wat ik moet zeggen. Zo meteen zeg ik allemaal dingen waar ik later spijt van krijg!'

Geruststellend aaide haar moeder haar over het hoofd.

'Wacht nou maar tot Mandy hier is. Zij is getraind in dit soort dingen. Ze weet vast hoe je alles moet aanpakken. Dat komt helemaal goed. Geniet er nou maar van, dit maak je nooit meer mee.'

Dat zal wel, dacht Jill. Jij hebt makkelijk praten...

Beneden hoorde Jill de bel gaan. 'Mam, doe jij even open? Ik ben nog bezig met mijn haar.' Snel smeerde ze wat mousse in haar flauwe krullen. Dat was vast Mandy. Toen bekend werd dat Jill de winnaar was van *Supermodel in de maak*, kreeg ze Mandy toegewezen als coach. Mandy moest haar de eerste weken helpen met alle interviewaanvragen, commerciële klussen en alle andere dingen die op haar pad kwamen. Voordat ze aan het programma mocht deelnemen, had Jill eerst een contract moeten ondertekenen dat zo dik was als een telefoongids. Daarin stond onder andere dat ze, als ze zou winnen, een halfjaar lang in 'dienst' zou zijn van NET10 en alles zou moeten doen om de zender en het programma te promoten. Jill had er eigenlijk geen idee van wat ze ondertekend had. En ach, ze ging er toen toch niet van uit dat ze zou winnen. Maar nu het zover was, moest ze nog maar eens even goed aan Mandy vragen wat er precies allemaal van haar werd verwacht.

'Jill, goedemorgen. Hoe gaat het met je? Klaar voor het sterrendom?' Mandy begroette Jill enthousiast met drie dikke kussen.

'Och', reageerde Jill overrompeld. 'Ik ben een beetje geschrokken van alle telefoontjes die ik vanmorgen al kreeg.'

'Oh, dat hoort erbij', antwoordde Mandy luchtig. 'Daar raak je snel genoeg aan gewend, geloof mij maar.'

Samen liepen ze naar de huiskamer, waar ze plaatsnamen aan de grote eettafel.

'Zo, eens even kijken. Wat staat er allemaal op de planning?' Mandy sloeg een grote, zwarte map open.

Het begon Jill weer licht te duizelen. 'Gaat dat papierwerk allemaal over mij?'

Mandy knikte alsof het de normaalste zaak van de wereld was. 'Ja, je krijgt het druk de komende tijd. Je moet meteen aan de slag. Nu je bekend bent bij het grote publiek, wil iedereen alles van je weten.'

Jill knikte. 'Maar zo superdruk zal het toch wel niet worden, toch?'

'Je moet je verplichtingen natuurlijk wel nakomen. En naast alle promotionele klussen, moet je ook nog aan de slag voor Amazing Models. Je weet toch dat je een jaarcontract van 25.000 euro bij hen hebt gewonnen? Dat geld krijg je natuurlijk niet zomaar.'

Jill slikte.

Natuurlijk wist ze dat ze modellenopdrachten zou gaan doen,
maar zij zag het meer als een bijbaantje, zeg maar.

'Goed, de planning voor vandaag.' Mandy leek niet door
te hebben dat Jill geschrokken was van alle drukte. 'Over
een uurtje worden we opgehaald door Jens. Hij is onze
chauffeur de komende week. Ik ga de eerste weken overal
met je mee naartoe, dus je staat er niet alleen voor. We
beginnen vandaag met een interview voor *ELLE*. Je wordt
om 12.00 uur op de redactie verwacht. Daarna gaan we door
naar Radio GreatFM. Daar ben je live in een uitzending. In
hetzelfde gebouw zit ook Radio 689. Het lijkt me slim om
daar dan maar meteen even langs te gaan, want ze hebben
me vandaag al wel twintig keer gebeld voor een interview
met jou. Echt, die redactrice daar drijft me tot waanzin.
Vervolgens...'

'Stop!' gilde Jill bijna. Mandy's stem had het tempo van een
voorbijrazende hogesnelheidstrein en Jill wist nu al niet
meer waar ze vandaag als eerste naartoe moest. 'Kan het
misschien iets minder snel? Ik raak helemaal de kluts kwijt.'
Mandy zuchtte zacht. 'Oké, nog een keer dan.'

Mandy herhaalde de planning van de dag in een slakken-
tempo en zo had Jill tenminste de tijd om alles te laten
bezinken. Ze moest Wouter zo bellen. En haar vriendinnen!
Die werden vast gek als ze hoorden dat ze naar de *ELLE*
mocht. En Wouter moest op zijn werk ook echt luisteren
naar de radio als zij werd geïnterviewd. Kon hij lekker
opscheppen bij zijn collega's. Jill lachte stiekem in zichzelf.
Al zijn collega's waren jaloers toen ze hoorden dat Jill
uit *Supermodel in de maak* zijn vriendin was. Althans, dat
beweerde Wouter. Jill had altijd gedacht dat hij het verhaal
een tikkeltje overdreef.

Het programma was natuurlijk al een tijdje op televisie te zien, en veel mensen herkenden haar dan ook. Ze was in de stad weleens aangesproken door meisjes die vroegen of zij dé Jill was uit *Supermodel in de maak*. In het begin had ze het niet echt door. Amber, Britt en Jansje vertelden haar vaak dat ze de meisjes voor hen in de rij bij de kassa bij de H&M hadden horen fluisteren over Jill. Heel maf, vond ze dat. Maar echte hysterie had ze gelukkig nog niet veroorzaakt bij haar in de buurt. Op een paar handtekeningen, foto's en 'ken ik jou niet ergens van'-blikken na waren haar *fifteen minutes of fame* vrij rustig verlopen. Maar nu ze gewonnen had en straks overal met haar hoofd verscheen, zou dat vast veranderen. Althans, daar was ze wel een beetje bang voor.

'Jill, luister jij nog wel?'

Verschrikt keek Jill op. 'Sorry, Mandy, wat zei je? Dat ik naar de *ELLE* moest voor een interview?'

'Ik was al bijna bij de planning voor morgen, schat, een beetje opletten graag. We moeten dit samen doen, oké? Je wilt toch graag een wereldberoemd model worden? Dan moet je nu wel meteen beide schouders eronder zetten. Het is hard werken, hoor. Dat hebben ze je toch geleerd tijdens de opnames van het programma?' Jill knikte met een grote glimlach. Ja, dat had ze aan den lijve ondervonden. Het was niet altijd een pretje geweest in een modellenhuis met twaalf meiden en een jury die ze af en toe wel kon schieten.

'Goed, vanavond heb je een belangrijk televisieoptreden in *Showflits* en daarna rijden we naar de studio's van NET10. Hier ben je de hoofdgast bij de *Late night show* van Dennis Klein. Hopelijk loopt de show niet al te lang uit, zodat we rond één uur vannacht weer thuis zijn. Morgen wordt weer een drukke dag, dus Jens en ik halen je om halfacht 's morgens weer op van huis.' Mandy kwam even op adem, checkte haar piepende Blackberry en vroeg vervolgens enthousiast: 'Nou, wat vind je ervan? Heb je er een beetje zin in?'

Jill was verdoofd en mompelde maar iets.

'Het lijkt allemaal een beetje overweldigend nu, maar als je er eenmaal zit is het echt heel erg leuk! Wees gewoon jezelf, beantwoord geen vragen waar je je niet goed bij voelt en geniet gewoon van alle roem. Misschien zijn ze je over een tijdje al weer zat en dan kun je tenminste later wel tegen je kleinkinderen zeggen: "Vroeger, toen oma nog geen rimpels en grijze haren had, was ze een poosje een wereldberoemd topmodel."' Mandy grinnikte hard om haar eigen grap.

Jill lachte schaapachtig mee. Was dit niet waar ze voor haar deelname aan het programma met haar vriendinnen over had gefantaseerd? Hoe ze opgehaald zou worden met een limousine, met heel veel gratis champagne uiteraard, en paparazzifotografen, camera's, rode lopers, bekende mensen als vrienden... Ja, bekend zijn leek hen toen één grote meisjesdroom. Maar nu, nu dacht ze alleen maar aan het feit dat ze Wouter vanavond niet kon zien omdat de super-populaire presentator Dennis Klein haar graag wilde spreken. Als ze zaterdag maar wel naar het verjaardagsfeestje van Amber kon. Haar beste vriendin werd achttien, dat ging ze nog voor nog geen miljoen euro missen. Echt niet!

# 2

'Kijk eens wie we daar hebben! Het nieuwe paradepaardje van NET10!' Dennis Klein omhelsde Jill innig en een vreemde geur van oudemannenparfum vermengd met zweet drong haar neus binnen. Gadver! 'Ik ben zo blij dat je mijn gast bent vanavond, Jill', vervolgde de populaire presentator, die in het echt een stuk kleiner was dan op televisie. Eigenlijk was Dennis niet meer dan een lelijk mannetje met een beginnende bierbuik die zich gedroeg als een jonge, begeerlijke god, merkte Jill op nu hij zo voor haar stond. 'Gisteren zat Rihanna hier nog op de bank, maar ik heb natuurlijk veel liever zo'n knappe lokale schone als jij naast me zitten.' Dennis had echt zo'n verschrikkelijke televisie-r. Zo'n lang rollende r die iedereen in het televisiewereldje zichzelf aanleerde. Met moeite perste Jill een glimlach op haar lippen. Ze had bijna gekneusde kaken van het de hele tijd moeten glimlachen. Toegegeven, het geven van interviews viel haar reuze mee. Toen de spanning eenmaal van haar schouders was gevallen, vond ze het stiekem best heel fijn om over zichzelf te kunnen praten. Het werkte bijna therapeutisch! En bijna alle journalisten waren heel lief voor haar. Behalve dan die sukkel van Radio 689, maar die had ze eigenlijk vrij snel de mond weten te snoeren. Als het moest, kon ze best bijdehand zijn. 'Zeg, Jill, wees nou eens eerlijk. Zo'n modellenbestaan stelt toch eigenlijk niets voor? Een beetje kleren passen, een keer zwoel de camera in kijken en je bankrekening krijgt er meteen een paar nullen bij', had de radiopresentator denigrerend gevraagd. Wat een sarcastische eikel was hij toch! 'Ach, wat kan ik daarop zeggen', had Jill luchtig opgemerkt. 'Het is eigenlijk net zo simpel als plaatjes draaien op de radio. Alleen moet je er voor mijn beroep ook nog een beetje aantrekkelijk uitzien. Dat is in jullie vak duidelijk niet het geval.' In haar ooghoeken zag ze Mandy door de knieën gaan van het lachen. De radio-dj hield daarna wijselijk zijn grote mond.

Dennis Klein sloeg zijn arm om Jill heen en begeleidde haar naar de kleedkamers. De gang waar ze doorheen moesten lopen was lang en aan de muren hingen talloze foto's van alle bekende gezichten van NET10. Dennis bleef even stilstaan bij zijn eigen foto. 'Kijk, dat vind ik toch zo'n knappe man.' Hij knipoogde naar haar. 'Weet jij niet wie hij is?' Jill keek hem met een gefronst voorhoofd aan en wist voorgoed: deze man is niet goed wijs.

Aan het einde van de gang zat haar kleedkamer. Haar naam stond zelfs op de deur! Nou ja, een uitgeprint briefje, vastgeplakt met zwarte tape. Maar goed, het was haar kleedkamer voor een avondje en dat was toch eigenlijk best cool. Ze zag dit soort deuren altijd als ze naar backstage-programma's keek van MTV bijvoorbeeld. Dan klopten de vj's aan bij deuren met namen als Black Eyed Peas en Lady Gaga. En dan verscheen een minuut later altijd het hoofd van een wereldberoemde ster door een kiertje van de deur. Dat moment had altijd iets magisch voor haar.

'Nou, poppetje, dit is je kleedkamer. Melanie zit al binnen op je te wachten met een rek vol sexy jurken.' Jill maakte hieruit op dat Melanie vast de styliste moest zijn. 'Ik zie je over twee uur in de uitzending. Mocht je je vervelen, mijn kleedkamer zit twee deuren verderop. De champagne staat koud.' Met een smerige ik-kan-iedere-vrouw-om-mijn-vinger-winden-grijns op zijn gezicht liep Dennis weg. Echt, op welke planeet leefde deze man?

'Vergeet Kate Moss, vergeet Naomi Campbell en vergeet Doutzen Kroes. Dames en heren, jongens en meisjes, mag ik een heel groot applaus voor Jill, het allernieuwste supermodel van het land!' De schuifdeuren van het decor van de *Late night show* gleden langzaam open en voordat Jill het doorhad, waren er zeker tien spotlights op haar gericht. Dennis Klein had haar net groots aangekondigd bij het uitzinnige publiek en nu was het showtime. Ze was live op televisie en ze wist dat haar hele familie en al haar vriendinnen thuis op de bank zaten te kijken. Het liefst waren ze meegekomen, maar Mandy zei dat het beter was als Jill de eerste dagen alleen op pad zou gaan. Later konden ze dan een keertje mee, had Mandy beloofd.
Verdoofd door de harde muziek en de felle studiolampen liep Jill naar de rode bank in de studio. Haar hoge hakken klikten gevaarlijk op de gladde vloer en ze deed schietgebedjes om niet te struikelen. Het strakke en volgens haar vader onge-twijfeld veel te korte jurkje dat was bedekt met fonkelende strasssteentjes, glom als een kerstbal door de felle lampen. Het uitzinnige publiek in de studio klapte hard voor haar en Dennis stond Jill voor zijn desk op te wachten met een glas champagne. Voor het eerst die dag voelde ze zich een ster.

Een celebrity, precies zoals je ze altijd in de bladen zag staan. Jill voelde een giechel opkomen die ze niet kon onderdrukken. Was ze hier nou zo bang voor toen ze vanmorgen de dikke zwarte map van Mandy onder ogen kreeg? Dit voelde heerlijk. Nog beter dan een plons in een koud zwembad tijdens een loeihete zomer. Of dan verse aardbeien met een toef slagroom. Ja, en misschien zelfs nog wel beter dan seks met Wouter. Al zou hij dat nooit te horen krijgen natuurlijk. Jill nam een tikkeltje ongemakkelijk plaats op de rode bank die ze kende van televisie. Haar jurkje was zo kort, dat ze haar benen goed bij elkaar moest houden. Ze wilde niet worden bestempeld als de nieuwe Britney of Paris, die te pas en te onpas hun slip lieten zien aan de camera's. 'Welkom, Jill. Wat goed dat je er bent!' Jill lachte lief naar het publiek en keek toen naar vieze Dennis. Dat was haar nieuwe bijnaam voor hem. 'Dank je wel, Dennis. Ik ben ook heel blij dat ik vanavond hier mag zijn.' Mandy had haar vandaag in de auto opnieuw een kleine mediatraining gegeven, een opfriscursus zeg maar, en de gouden regel was: lach vriendelijk, wees attent en maak, waar gepast, een grappige opmerking. Dat leek Jill niet zo moeilijk.

'Zeg', begon Dennis na een kwartier te hebben volgepraat. 'Nu je bekend bent, krijg je zeker tal van aanbiedingen van aantrekkelijke mannen. Zoals ik bijvoorbeeld.' Dennis bulderde van het lachen en even was Jill bang dat hij met zijn dikke kont van de stoel zou glijden. Wie zou er dan lachen, dacht ze vals.

'Nou, dat valt reuze mee, hoor', antwoordde Jill beleefd. 'En daarbij heb ik al een heel lief vriendje waar ik stapelgek op ben.' Jill keek heel verliefd in de camera, alsof Wouter zelf er stond. Hopelijk zou hij nu thuis op de bank net zo verliefd terugkijken.

'Aha, Wouter. Ja, die naam kennen we wel uit het programma. Toch, publiek?'

'Jaaa', gilde het publiek in koor.

'Was jij dan niet het meisje dat in het modellenhuis vreemdging met een mannelijk model? Dat hebben we toch allemaal op televisie kunnen zien.'

Jill kon vieze Dennis wel slaan. Wat een eikel! Ze wierp snel een blik op Mandy, die aan de zijkant van de studio stond. Zij haalde verontschuldigend haar schouders op en Jill zag een grimas over haar lippen glijden. 'Dat klopt', zei Jill rustig. 'Maar dat was één keer en Wouter heeft het mij vergeven. Einde verhaal.'

Plots moest ze terugdenken aan... het mannelijke model waar ze in het modellenappartement tijdens een feestje per ongeluk mee had gezoend. Ook al was ze toen dronken, ze had meteen geweten dat ze het aan Wouter moest vertellen en ook dat het uitgezonden zou worden op televisie. Wouter en zij hadden het er na de opnames nooit meer over gehad. Ze hadden het incident allebei heel ver weggestopt. Tot het fragment op televisie werd uitgezonden, weken later. Ze had iedereen in haar omgeving er al op voorbereid, maar toch kwam het hard aan. Wouter had niet gekeken, gelukkig. Hij kon het niet aanzien. En nu begon die irritante vent er opeens weer over. Live op televisie nog wel. Iedereen die het nog niet had gezien, werd dus nog even fijn op de hoogte gebracht van haar slippertje. Wat moesten de kijkers wel niet van haar denken? Dat ze een slet was? Nou, als ze iets niet was, dan was het dat wel! Voor Wouter had ze nog nooit een vriendje gehad en ze zou nooit, maar dan ook echt nooit meer vreemdgaan.

'Ah, je wilt het er niet over hebben', grinnikte Dennis.

Poehpoeh, wat was hij toch slim!

'Er valt niets meer over te vertellen', antwoordde Jill direct.

'Wouter en ik zijn het al lang weer vergeten en we zijn verliefder dan ooit tevoren.' Jill merkte dat Dennis nog niet helemaal tevreden was met haar antwoord, maar gelukkig zag ze de opnameleider hevig zwaaien. Het was tijd om af te sluiten. Yes, *saved by the bell*.

'Zo, dat zit er ook weer op. Goed gedaan, meisje.' Dennis kwam naast haar zitten op de rode bank en gaf haar drie vieze, natte zoenen op haar wang.

'Dank je. En ook nog bedankt voor de uitnodiging.' Jill kreeg het amper over haar lippen.

'Als je ooit een keertje wat met me wilt drinken, bel me dan gerust. Ik denk dat wij er dan een heel gezellige avond van kunnen maken.' Dennis schoof Jill zijn visitekaartje toe.

'Bedankt, maar nee. Ik heb al een vriendje zoals je weet.' Die man wist ook echt van geen ophouden.

Vieze Dennis begon te lachen. 'Ach, moppie toch. Dat is over twee weken een gedane zaak. Let maar op mijn woorden.'

Jill liet zich languit op bed vallen. Het was inmiddels twee uur 's nachts en ze was geradbraakt. Toen ze een uur geleden thuis werd afgezet door Mandy en Jens, zaten haar ouders in de keuken klaar met een kop thee. Ze wilden alles horen! Lief van haar ouders, die wel honderd keer riepen hoe trots ze wel niet waren op hun dochter, maar na een dag vol interviews was ze op. Jill pakte haar telefoon. 'Berichtgeheugen vol', stond er op het scherm. Ze had vandaag bijna honderd sms'jes gekregen. En na de uitzending van vanavond stroomde haar inbox pas helemaal vol. 'Wat een sukkel zeg, die Dennis! Je moet je niet rot voelen over die zoen. Wouter heeft het je al lang vergeven. Dat weet je, hè?! Dikke x Amber, Brit en Jansje.' Wat waren haar vriendinnen toch schatjes! Ook van Wouter had ze vandaag wel zes sms'jes ontvangen. Het was helaas te laat om hem nog te kunnen zien, maar ze wilde hem nog wel even bellen. Ze voelde zich toch niet helemaal lekker over die gemene vraag. 'Hé, lieffie, slaap je al?' sms'te ze hem.

Twee minuten later trilde haar telefoon. 'Nee, jij?'
Ah, gelukkig, hij was nog wakker. Ze belde hem onmiddellijk en na één keer overgaan nam hij op. 'Hé, schoonheid', zei hij slaperig. Hij lag dus toch al in bed.
'Hé, lieverd. Hoe is het met je?'
'Goed, maar vertel me liever hoe het met jou is! Wat een lange dag, of niet?'
Jill zuchtte diep. 'Ik ben echt kapot, nu al! Ik wist niet dat praten zo vermoeiend kon zijn.'
'Nou, je hebt het anders heel goed gedaan. Ik heb je gehoord op de radio, haha. Ik lag bijna op de grond van het lachen. Wat een *jackass* zeg, die dj.'
Jill grinnikte. 'Je vriendinnetje is toch best gevat, hè. Dat had je zeker niet verwacht. Jij bent altijd de clown van ons twee. Pas maar op, je hebt concurrentie gekregen.'
Ze hoorde Wouter aan de andere kant van de lijn ingehouden lachen. Alsof hij wilde zeggen: ja, dat zal best, maar ik geloof er niets van. 'Hé...' Korte stilte. Wouter ging van onderwerp veranderen, wist Jill. Altijd als hij iets wilde zeggen wat

serieus, belangrijk of ongemakkelijk was, begon hij met
het woordje 'hé'. Jill kon al wel raden waarover hij wilde
beginnen. 'Wat stom trouwens, dat die Dennis over die ene
keer in het huis begon. Je weet wel, met dat model toen.'
Weer een korte stilte. 'Je zei toch dat Mandy ze had verboden
om daarover te beginnen?'
Jill haalde diep adem. Ze wist dat deze vraag zou komen en
ze kon het inmiddels ook best aan, ze had haar excuses al
zo vaak aangeboden, maar ze was nu zo moe en ieder woord
kostte weer extra energie. Energie die ze niet meer had.
'Ja', verzuchtte ze. 'Ik had het ook wel een klein beetje zien
aankomen. Sensatiezoeker dat hij is. De ramptoerist van de
journalistiek, noemt Mandy hem ook wel.'
'Tja, dat zal best. We denken er gewoon allebei niet meer
aan. Klaar!'
'Mee eens', mompelde Jill half gapend. 'Hé, lieverd, vind
je het goed als ik nu mijn ogen dichtdoe? Ik kan niet meer.
Het erge is nog dat ik morgen weer zo'n drukke dag heb. En
overmorgen. En donderdag. En vrijdag.'
'Wanneer zie ik je weer?' was het enige wat Wouter vroeg.
'Ik hoop morgen. Mijn laatste interview staat morgen om zes
uur ingepland, dus ik hoop om acht uur bij je te kunnen zijn.'
'Oké, slaap lekker dan, prinsesje.'
'Kusje.' Jill knipte het nachtlampje naast haar bed uit. Haar
ogen vielen dicht en nog geen vijf minuten later lag ze al in
een diepe slaap.

# 3

Zaterdagmorgen, 06.30 uur. Jill wreef vermoeid door haar
ogen. Het was echt te vroeg voor een zaterdagmorgen!
Eerst maar eens een kop koffie. Iedereen in huis sliep nog.
Haar broertje zou over een klein uurtje ook al wel moeten
opstaan. Hij werkte op zaterdag altijd als vakkenvuller bij
de supermarkt in het dorp. Zoals zoveel jongeren uit het
dorp eigenlijk. Jill had zelf ook jarenlang een bijbaantje op
zaterdag gehad, maar nu met *Supermodel in de maak* kon ze
het volgens Mandy beter opzeggen. Ze verkocht stokbroden,
croissants, moorkoppen en soezen bij de ambachtelijke
bakker, twee straten verderop. Ze liep op haar tenen naar
beneden. Ze wilde haar ouders of broertje niet wakker
maken. Op haar blote voeten liep ze over de koude plavuizen
de keuken in. Een rilling gleed over haar rug. Ze zette het
koffiezetapparaat aan, de geur van verse koffie deed haar
goed. Voordat ze aan *Supermodel in de maak* meedeed,
was ze helemaal geen koffieleut. Ja, een koffie verkeerd
of cappuccino dronk ze heel af en toe als ze met haar
vriendinnen ging lunchen in de stad. Maar door alle drukte
in het modellenappartement van *Supermodel in de maak* was
ze steeds meer koffie gaan drinken en nu kon ze niet meer

zonder. Met in de ene hand een kop koffie en in de andere hand twee boterhammen liep ze naar de keukentafel. Al etend las ze nog een keer het programma voor vandaag door. Het beloofde een spannende dag te worden, want vandaag had ze haar eerste echte modellenklus voor Amazing Models, het topmodellenbureau waarbij ze een contract had gewonnen. De interviews waren nu gelukkig bijna allemaal achter de rug. Ze wist niet dat er zoveel verschillende tijdschriften, kranten en televisiezenders bestonden. Overal moest ze opdraven en na tien keer hetzelfde riedeltje te hebben verteld, hoopte ze met heel haar hart dat een journalist haar eens een keer iets heel anders zou vragen. Wat natuurlijk niet gebeurde.

In de zak van haar knalroze Benetton badjas, een kerstcadeautje van Wouter, trilde haar telefoon.

'Goedemorgen, Jill, klaar voor je eerste klus? Jens en ik staan over een halfuur voor je deur. Ben je dan klaar? Ik heb er zin in! x Mandy.'

Jill grinnikte. Die Mandy. Die was nu al klaarwakker en hyperactief. Jill was echt blij dat Mandy haar de eerste paar weken begeleidde met alles. Niet alleen met alle media-aanvragen, maar ook met de rest van haar opdrachten en taken als het nieuwe supermodel. Mandy was als een soort Moeder Teresa voor Jill. Best grappig, want zoveel ouder was Mandy helemaal niet. Mandy was nog maar zesentwintig, maar had de energie van een puberende tiener. Ze was klein van stuk met eigenwijze cacaobruine krullen die ze meestal in een hoge staart boven op haar hoofd droeg. Ze rende als een soort racepaard de hele dag van hot naar her en om de vijf minuten ging haar telefoon. Jill zou al lang gek zijn geworden, maar Mandy kreeg een kick van al die drukte.

Exact dertig minuten later reed de auto van Jens voor.
Mandy zwaaide vrolijk. 'Joeehoee, klaar voor je eerste job als topmodel?'
Jill haalde onzeker haar schouders op. 'Ik hoop het maar.'
Tijdens het programma had ze natuurlijk ook wel regelmatig geposeerd voor de camera, maar dat waren vaak nep-fotoshoots. Nu had de klant heel wat centen neergeteld om haar als model in te huren. Jill had al snel begrepen dat je als model best veel kon verdienen. Niet meteen miljoenen zoals Kate Moss en Naomi Campbell, maar in ieder geval een stuk meer dan de meeste tieners met hun zaterdagmiddagbaantje. Maar het loon van haar modellencontract kreeg ze natuurlijk niet zomaar op haar bankrekening gestort. Ze moest er wel eerst hard voor werken. Het bedrag was eigenlijk een soort garantie van het modellenbureau en betekende dat ze ervan uitgingen dat jij in dat jaar minstens 25.000 euro ophaalde met fotoshoots, commerciële klussen en promotiewerk, had de programmaleider van *Supermodel in de maak* haar na afloop van de finale uitgelegd.

'We moeten over twee uur op locatie zijn. Als het goed is, staat iedereen daar al klaar', babbelde Mandy vrolijk verder. 'Ook Jennifer van Amazing Models. Zij zal jou vandaag begeleiden.'

Jill vond het leuk om Jennifer terug te zien. De eigenares van het modellenbureau was ook een van de vaste juryleden van het programma en ze kon het altijd erg goed vinden met haar. Ze was heel lief en supergoed in haar werk. Het voelde dan ook als een hele eer om voor haar te mogen werken.

'En wat is jouw taak vandaag?' Jill keek Mandy vragend aan.

'Oh, ik huppel gewoon wat rond. Kijken of iedereen je goed behandelt. En of je wel genoeg te eten en te drinken krijgt. Ze willen modellen nog weleens ondervoeden!' Een schaterlach. Mandy kon altijd zo heerlijk hartelijk lachen om haar eigen grappen. Een lach die dan weer zo aanstekelijk was, dat Jill iedere keer in een deuk lag als Mandy weer eens lol om zichzelf had.

'Ben je wel vaker bij een fotoshoot aanwezig geweest?' vroeg Jill aan Mandy.

'Ja, voor een nieuw televisieprogramma moeten we de presentatoren en kandidaten altijd fotograferen voor de campagnefoto.'

'Maar niet bij een shoot als deze voor een grote klant?' Mandy schudde haar hoofd. 'Nee, nog nooit. Hoezo?'

'Gewoon', antwoordde Jill wat onwennig. 'Ik ben zo benieuwd hoe dat gaat. Is de klant erg streng, denk je?' Mandy haalde haar schouders op. 'Dat zal vast wel meevallen. En Jennifer begeleidt je daar goed in. Als jij gewoon doet waar je goed in bent – mooi zijn – dan loopt het vast allemaal gesmeerd. Hé, je hebt niet voor niets gewonnen! Je bent het beste model van het land, Jill!' Jill wierp Mandy een kushand toe. 'Dank je wel, Moeder Teresa!'

'Kijk eens wie we daar hebben! Ons nieuwste topmodel!' Jennifer kreeg Jill in het vizier en kwam als een jonge hond op haar afgestormd. 'Wat leuk dat ik jou weer zie. Kom hier!' Jennifer gaf haar een dikke en oprechte knuffel. Iets wat nogal ongebruikelijk was in de modewereld, zo had Jill al snel begrepen. Tijdens de opnames van *Supermodel in de maak* had ze vaak genoeg gezien hoe modemensen elkaar in de armen vlogen, om vervolgens keihard achter hun rug om over ze te roddelen. En niet zomaar roddelen, nee, echt vals.

'Meid, die is een paar kilootjes aangekomen, niet?' of 'Nou, als die niet naar de botoxdokter is geweest, eet ik mijn hoed op! Wat een strakgetrokken snoetje.'

Na het hartelijke weerzien bekeek Jennifer Jill van top tot teen. 'Je ziet er goed uit, meid. Echt, zo'n nieuw bestaan als topmodel doet je goed.'

Jill moest blozen. 'Dank je wel, jij ziet er ook goed uit.' Jill loog niet. Jennifer – ergens begin veertig – had het figuur van een topmodel, maar dan wel met de rondingen van Jennifer Lopez. Haar volle bos haar glansde in de zon en de azuurblauwe wikkeljurk matchte perfect bij haar zongebruinde huid. Als Jill er over twintig jaar ook zo uitzag, zou ze God op haar blote knieën danken. Ze had Jennifer al weer een tijdje niet gezien. Al niet meer sinds de opnames van de finale, eigenlijk. Ze hadden vlak na de finale-uitzending, weken later dus, nog wel telefonisch contact gehad over de opdrachten die de komende weken gepland stonden. En dat waren er best veel, beloofde Jennifer haar.

'Kom, dan stel ik je voor aan de rest van het team.'

Gehoorzaam liep Jill haar achterna. In het grote, industriële gebouw waar straks de shoot zou plaatsvinden was het al lekker druk. Een foto maken deed je niet zomaar even, daar had je een hele dag plus een gigantisch team van mensen voor nodig. Naast het model en de fotograaf kwamen er ook een visagist, kapper, stylist, de catering, productie, de klant en nog eens een tiental assistenten aan te pas.

'Jill, dit is Gareth, directeur van YIY.'

De grote, brede man voor haar gaf haar een stevige hand.

'Aangenaam', zei hij met een zware stem.

Jill was direct onder de indruk. Deze man had duidelijk veel aanzien, dat zag je meteen. Hij voldeed precies aan het beeld dat Jill had van een directeur van een groot, bekend warenhuis. Gareth was een jaar of 45, met een mooie bos pikzwart haar - al zag je bij zijn slapen wel dat hij grijs werd - doordringende groene ogen en hij ging gekleed in een designerjeans met een zwart hemd met grote zilveren manchetknopen dat zijn brede bovenlichaam goed accentueerde. Knap, maar ook heel overweldigend.

'Bedankt dat je mij geboekt hebt voor deze klus', wist Jill amper uit te brengen. 'Ik vind het spannend, maar ik heb er heel veel zin in.'

'Wij ook!' antwoordde Gareth zelfverzekerd. 'Ik ben benieuwd naar het eindresultaat. Je weet toch dat deze foto's straks groot in de etalages komen te hangen, hè?'

Ja, dat wist ze maar al te goed. Toen Jennifer haar de briefing had gestuurd voor deze opdracht, had ze wel even moeten slikken. Het ging om een grote nieuwe campagne van het warenhuis waarvan Jill het gezicht zou worden. De campagneposters van drie bij zes meter zouden straks in alle grote steden te zien zijn. YIY was dan ook een echte *big fish*, zoals Jennifer Jills eerste officiële klant noemde. Een belangrijke klant die veel aanzien had en je carrière meteen een flinke boost gaf. Kortom: het was vandaag de dag van de waarheid. 'Ach,' had Jennifer gezegd, 'het kan geen kwaad om meteen in het diepe gegooid te worden. Als Gareth aan het einde van de dag tevreden over je is, dan kan hij echt veel voor je betekenen. Hij heeft veel macht en kan je in contact brengen met grote, potentiële klanten.'

Ondertussen was Jill voorgesteld aan iedereen op de vloer en kon het circus beginnen. Make-up, haar, kleding: alles moest er tot in de puntjes verzorgd uitzien. Poseren voor een foto deed je niet zomaar. Een uur lang in de stoel van de visagist was echt peanuts. En de kapper en zijn assistent konden met gemak twee uur in je haar 'wroeten'.

'Jill!' begroette de kapper haar enthousiast toen ze plaatsnam in de stoel. Het leek wel alsof hij haar al jaren kende. 'Wat leuk dat ik je nu eens in het echt ontmoet. Ik was vanaf dag één al fan van je. Echt waar. Ik wist zeker dat je ging winnen. Ik heb zelfs een wedje gelegd met mijn vrienden. Je bent zo'n *natural beauty.*' Eduardo ratelde aan één stuk door. Best gek, vond Jill. Ze had die man nog nooit gezien, maar hij wist wel wie ze was.

Haar nieuwe status als topmodel was al flink wennen, maar het feit dat bijna heel het land haar nu ook kende van televisie was helemaal onwerkelijk. Na de finale-uitzending en de show bij Dennis Klein vroegen steeds meer mensen haar om een handtekening. Ze was nu echt bekend aan het worden. Vooral veel jonge meiden, maar ook een aantal jongens en zelfs een oude man van zeventig wilden haar handtekening.

Ook heel bizar waren de berichtjes van onbekende mensen die ze op Facebook had gekregen. Om haar te feliciteren, uit te nodigen voor plaatselijke modeshows of zelfs – ja, echt waar – om haar de liefde te verklaren! 'Lieve, mooie, stoere Jill. Al vanaf het eerste moment dat ik je zag ben ik verliefd op je. Je blonde haar, je blauwe ogen. Ik kan niet slapen zonder aan jou te denken. Blabla... Twee A4'tjes lang bleef ene D. Polwijk haar maar ophemelen. Alsof ze een soort buitenaardse prinses was. Best *scary*, maar aan de andere kant ook heel geestig. Jill had haar vriendinnetjes het bericht meteen doorgestuurd. Oké, dat was misschien niet zo netjes van haar, maar ze moest het met iemand delen. En daarbij

had ze haar vriendinnen ook al een week lang niet gezien
door alle drukte. Af en toe sms'ten ze even of hadden ze
vijf minuten tijd om te bellen, maar Jill had Amber, Britt
en Jansje nog zoveel willen vertellen over wat ze allemaal
meemaakte.

Nu ze eraan dacht: Amber was vandaag jarig! Van hun
viertjes werd zij als eerste volwassen. Nou ja, volwassen...
ze werd achttien. Vanavond had Amber een groot feest
georganiseerd bij haar thuis en Jill was samen met Britt en
Jansje vipgast. Ze had er de hele week al naar uitgekeken, en
de jurk die ze samen met haar vriendinnen speciaal voor het
verjaardagsfeest had gekocht, hing al drie dagen klaar voor
de spiegel. Keurig gestreken en met de juiste schoenen en
sieraden er al bij uitgezocht.

Jill pakte haar handtas om haar telefoon te pakken. Hè,
die verdomde rotrits ook! Dat roestige ding ging steeds
moeilijker open. Met haar tanden kreeg Jill de rits na veel
gepriegel eindelijk open. Ze moest echt eens een andere tas
kopen. Ze had dit 'vodje' al ruim drie jaar en het ding had
op de markt niet meer gekost dan 12,95 euro. Snel tikte ze
nog een sms'je naar Amber. 'Ambertje! Je bent een oude,
volwassen taart! ;) Gefeliciteerd van je allerliefste vriendinnetje! Tot vanavond. Ik kan niet wachten om jullie al mijn
avonturen te vertellen!!!! XOXO Jill.'

In de spiegel zag ze Eduardo weer verschijnen met een grote,
platte borstel. 'Ben je er klaar voor, mop?' Verlegen lachte
Jill naar hem in de grote spiegel. 'Is dit je eerste grote klus,
schatje? Je zult wel zenuwachtig zijn. Ik weet nog wel hoe ik
me voelde tijdens mijn eerste grote opdracht. Het leek wel of
de Niagarawatervallen van plek waren veranderd en zich op
mijn voorhoofd hadden geïnstalleerd, zo hard zweette ik. En

het model maar klagen dat ik op haar druppelde. *Damn*, ik wist me echt geen houding te geven. Supergênant!' Eduardo leek nog steeds op een waterval. Een spraakwaterval dan. Hij bleef maar doorratelen en ondertussen kamde hij alle klitten uit haar blonde lokken. 'Jeffrey', schreeuwde Eduardo geïrriteerd. 'Hoe vaak moet ik je nog om de föhn vragen? Een beetje peper in je mooie kontje kan geen kwaad.'

Jeffrey, de piepjonge assistent van Eduardo, verstijfde. Hij werd overduidelijk behandeld als het hulpje van en Jill had nu al medelijden met hem. In de spiegel zag ze hem wild graaien in een grote Gucci-koffer die tot de rand was gevuld met borstels, föhns en haarproducten.

Ze had tijdens de opnames van *Supermodel in de maak* ook veel van dit soort jonge mensen gezien die zich de benen van het lijf liepen voor de 'grote bazen'. Vaker stond het huilen hun nader dan het lachen, maar ze bleven doorgaan. Jill snapte het niet. Ze lieten zich te pas en te onpas kleineren en dat voor een hongerloontje. En het kwam ook weleens voor dat ze helemaal niets verdienden. Alleen maar omdat ze droomden van een glansrijke carrière in de mode- of televisiewereld. Jill had al snel voor zichzelf besloten dat zij niet zo'n type was dat zich als voetveeg zou laten behandelen. Dan maar geen carrière in de modewereld. Zo graag wilde ze nou ook geen model worden. Het was toevallig zo gelopen.

'Zet je linkervoet maar iets meer naar achteren. Ja, zo, ja. En je kin. Die moet omhoog.'

Jill deed haar uiterste best en luisterde aandachtig naar de aanwijzingen van de fotograaf, maar het wilde niet echt lukken naar haar gevoel.

Ze leek wel een klungel die nog nooit eerder voor de camera had gestaan.

'En nu iets meer lachen. Precies. Heel mooi!' De fotograaf bleef maar tegen haar praten.

Jill had geen idee hoe ze eruitzag, maar erg goed voelde het niet. Toch keek de fotograaf nu tevreden door zijn lens. 'Prachtig!' hoorde ze Gareth vanaf de zijkant van de studio zeggen. Hij keek via een computermonitor naar de foto's die de fotograaf op dat moment schoot. 'Hier zit echt wel iets bruikbaars tussen, wat denk jij, Jennifer?' Gareth stootte Jennifer aan en wreef vervolgens met zijn hand door zijn haar.

Jennifer knikte. 'Dat heb je goed gedaan, Jill. Vanaf het moment dat je de ergste zenuwen in bedwang had, ging het meteen een heel stuk beter. Kom maar kijken.'

De eerste foto's van het filmpje waren inderdaad niet zo goed. Ze leek wel een verschrikt hert dat in de koplampen keek van een grote jeep. Gareth keek dan ook niet al te blij. Shit. Vanaf de dertigste foto zag ze al vooruitgang.

'Kijk', wees Jennifer aan. 'Je schouders zijn minder gespannen en je ogen staan zachter.'

Gelukkig zag Gareth ook verbetering en zijn gezicht werd met de foto vriendelijker. Toen ze bij de laatste foto waren aangekomen stak de opdrachtgever zijn hand omhoog. 'High five, jongens! Het is tijd voor champagne!'

'En een boterham, mag ik hopen', grapte Jill. Maar ze meende het wel. Het was al bijna halfvijf en ze had vanaf vanmorgen vroeg al bijna niets meer gegeten. Ze viel zowat flauw van de honger.

'Een boterham?' Ben je gek! We gaan de stad in om onze allereerste campagne met jou te vieren. Mijn assistent heeft om zes uur een tafeltje gereserveerd in Bertoir. We gaan lekker chic uit eten.' Een luid gejuich steeg op in de studio. 'Bertoir! *I love that place!* Nergens is de kreeft zo lekker als daar. En een glaasje bubbels gaat er nu ook wel in.' Eduardo wreef over zijn buik bij de gedachte aan al dat lekkers. 'Ik moet nog even langs kantoor, zie ik jullie zo meteen daar? En jongens: nog bedankt voor de mooie shoot. Ik ben een tevreden klant.' Met grote, zelfverzekerde passen liep Gareth de studio uit.

Jennifer pakte Jills arm en gaf haar een kus op haar voorhoofd. 'Gefeliciteerd, meisje. Je eerste klus is een feit. Je hebt het goed gedaan, echt.'

Een beetje overdonderd door al die complimentjes knikte ze maar vriendelijk terug. 'Ja, ik ben blij dat ik mijn zenuwen de baas kon blijven aan het einde. Anders was het dus wel echt een drama geweest.'

'Joh, wees niet zo streng voor jezelf', zei Jennifer op een moederlijke toon. 'Het eindresultaat voldoet aan de verwachtingen van de klant en volgens mij vond Gareth jou ook als persoon een prettig meisje. Grote kans dat hij je nog een keer boekt of je introduceert bij al zijn vermogende vriendjes in de branche.'

'Cool', antwoordde Jill, stiekem best een beetje trots op zichzelf. 'Ik vond hem ook wel een prettige man om mee samen te werken, dus hij mag me best vaker boeken.'

'Nou, ga je nu maar snel omkleden, dan kunnen we toosten met bubbels! Ik snak echt naar een glaasje champagne...'

'Oké, maar ik blijf niet al te lang, hoor. Ik heb vanavond een verjaardag, van Amber. Ze is achttien geworden en we hebben het er al wekenlang over.'

'Prima', knikte Jennifer. 'Wat jij wilt.'

Om iets over zes liepen ze met z'n vijven Bertoir binnen. Jennifer, Eduardo, Bernhard de fotograaf, de styliste Jessica en Marlies, het meisje van de setproductie. Mandy moest door naar de televisiestudio's en was al eerder vertrokken. Bertoir was de nieuwe hotspot van de hoofdstad en straalde iets mysterieus uit. Met grote, rode pluchen stoelen, zwarte gordijnen en zwart-witfoto's van naakte vrouwen aan de muur had het wel iets weg van een Frans bordeel in de jaren vijftig. Gareth en zijn gevolg zaten al aan de grote ronde tafel midden in het restaurant en zwaaiden toen ze de rest van de crew binnen zagen komen. 'Jongens, champagne!' Ze hadden zich nog niet geïnstalleerd, of de eerste kurk vloog al door de lucht. Ze kregen allemaal een glas bubbels in hun handen gedrukt en er werd luid geproost op een geslaagde shoot en op de nieuwe campagne van YIY. 'En natuurlijk op ons nieuwste topmodel', sloot Gareth de toost af. 'Dat je een geweldige carrière tegemoet mag gaan.' Weer klonken de glazen.

De koude, bruisende champagne smaakte Jill goed. Het was een stressvolle dag geweest en bij de eerste slok Moët voelde ze onmiddellijk de spanning van haar af glijden. Alcohol was soms echt een fijne drug.

Gareth, die naast haar zat, pakte haar hand vast die op tafel lag. 'Hé, ik sprak net met David Michel en ik vertelde dat ik erg onder de indruk van je was. Hij wil je nu graag ontmoeten, want ze zijn op zoek naar een nieuw gezicht voor de najaarscampagne.'

Jill keek vragend naar Gareth. 'David Michel?'

Gareth verslikte zich bijna in een slok champagne. 'Lieve schat, wil je me nou vertellen dat je David Michel niet kent?'

'Eh, nee. Waar moet ik hem van kennen dan?'

Jennifer, die aan de andere kant van Gareth zat, had met een half oor meegeluisterd en kwam nu tussenbeide. 'Meen je dat nou, Gareth? Wat leuk zeg! Jill, dat is echt goed nieuws. David is de oprichter van Red Rose. Je weet wel, dat bekende jeansmerk. Wow, als jij eens een campagne voor hen kon binnenslepen...' Dromerig keek Jennifer voor zich uit. Jill zag hoe ze zich inbeeldde dat haar Jill, haar model, straks op een groot billboard langs de kant van de snelweg zou hangen. Met haar billen pront in het midden van het beeld. Jill kende de reclamecampagnes van Red Rose wel. Die kon je ook niet over het hoofd zien. In winkels, langs de snelweg, aan de zijkant van grote gebouwen: overal ter wereld kenden ze de sexy jeans van Red Rose.

'David is een goede vriend van mij', begon Gareth weer. 'We kennen elkaar van school en hebben ooit het idee gehad om samen een modewinkel te beginnen.' Op Gareths gezicht verscheen een glimlach. 'Ja, we hadden grootse plannen toen we net van de schoolbanken kwamen. Kort daarna zijn we elkaar uit het oog verloren. Hij ging naar New York, ik bleef hier. Toen we elkaar tien jaar geleden weer tegen het lijf liepen was hij druk bezig met het oprichten van zijn eigen jeanslabel en was ik net directeur geworden van YIY.' Jill en Jennifer luisterden aandachtig naar zijn verhaal terwijl de ober hun lege glazen bijvulde met champagne.

'We hebben in de afgelopen tien jaar al vaak samengewerkt. Red Rose was ook het eerste label dat zijn eigen *shop in shop* in ons warenhuis kreeg.'

Jill kende het concept. De jeans van Red Rose namen bijna een halve verdieping in beslag van het grote warenhuis. Ze was één keer met haar vriendinnen naar de hoofdstad gegaan om te winkelen en Jansje had toen nog een heel mooie *low*

*cut* jeans gekocht van Red Rose. Ze droeg hem nog steeds.
De jeans was dan wel bijna versleten, zo vaak had ze hem
gedragen, maar ze gooide hem voor geen goud weg.
'Hoe laat denk je dat David hier is, Gareth?' vroeg Jennifer
nieuwsgierig.
Gareth keek op zijn horloge. 'Hij zal zo wel komen. Hij moest
nog wat dingen afronden en dan zou hij een taxi pakken.'
Jill haalde opgelucht adem. Het was natuurlijk wel een
hele eer dat David haar wilde ontmoeten, maar Jill was niet
van plan om lang te blijven. Vanavond was tenslotte de
verjaardag van Amber en ze moest nog twee uur rijden naar
huis. Mandy en Jens waren al vertrokken, dus Jennifer had
beloofd een taxi voor haar te regelen.
'Hebben jullie al een keuze kunnen maken?' De ober stond
nu naast hun tafel om de bestelling op te nemen.
'Laten we beginnen met escargots gedrenkt in kruiden-
boter. Is iedereen het daarmee eens?' Zonder op antwoord te
wachten ging Gareth verder. Jill had geen idee wat escargots
waren. Vast iets heel kleins, want dure gerechten met
moeilijke namen vulden vaak niet meer dan een vijfde van
een bord. 'Bestelt iedereen voor zichzelf even een hoofdgerecht? Ik wil graag de gegrilde zeeduivel met spinazie
pappardelle.'
De ober ging één voor één iedereen langs en kwam als laatste
bij Jill. 'En u mevrouw? Wat wilt u hebben?'
'Nee, bedankt. Ik blijf niet zo lang.'
Met opgetrokken wenkbrauwen keek Gareth haar aan. 'Weet
je het zeker?'
'Ja, hoor. Ik moet zo dadelijk nog naar een verjaardag. Mijn
beste vriendin is achttien geworden.'
Gareth haalde zijn schouders op. 'Wat jij wilt. Ober?'

Gareth knipte met zijn vingers in de lucht om de ober terug te fluiten. 'Doe ons ook nog zo'n lekker flesje bubbels. Deze is alweer op.'

Vier flessen Moët en vijf grote schalen escargots – een duur woord voor taaie slakken – later, en nog steeds had ze geen David gezien. Jill zat al een tijdje te wippen op haar stoel, want de tijd bleef maar tikken. Iedere vijf minuten keek ze ongeduldig op haar horloge.

'Jill, niet zo gehaast. Dat staat heel onbeschoft naar de klant toe. Dat snap je toch wel?' fluisterde Jennifer in haar oren.

'Ja, sorry, ik weet het. Maar ik zit op hete kolen. Het is al halfacht en ik wilde eigenlijk al om negen uur bij Amber zijn, maar dat red ik natuurlijk nooit meer.'

'Dat snap ik, maar je carrière gaat op dit moment toch hopelijk wel even voor. David is echt een grote naam, hoor. Hij heeft winkels over heel de wereld. Als hij jou boekt, ben je in één klap bekend. Dat besef je toch wel?'

Shit, man, Jennifer leek haar moeder wel. Die kon soms ook zo zeuren alsof ze een klein kind was. Jill knikte. 'Natuurlijk. Dat snap ik. Ik wil David ook graag ontmoeten, maar ik hoop alleen wel dat hij zo een keertje komt.'

De hoofdgerechten waren inmiddels geserveerd en het leek wel alsof de hele oceaan op hun tafel uitgestald lag. Zeeduivel, kreeft, langoustines, oesters en zelfs octopus kon je er blijkbaar eten. Jill had toch nog een extra voorgerechtje besteld, want David was er nog steeds niet en die paar slakken van net waren niet genoeg om de hele avond op te teren. Ze zou zo dadelijk echt even aan de taxichauffeur vragen of hij langs de McDrive wilde rijden. Al die dure vissen konden haar gestolen worden. Een dikke vette hamburger

met extra veel kaas, daar zou ze nu een moord voor doen.
Jennifer moest eens weten. Volgens haar serveerden alle
hamburgerketens vergif voor modellen.
Jill keek op haar horloge. Kwart over acht. Ze zou op zijn
vroegst om halfelf bij Amber kunnen zijn. Maar dan moest
die Red Rose-man nu wel eens een keer verschijnen. Ze
verontschuldigde zich bij de rest van het gezelschap en liep
naar de wc's. Ze pakte haar telefoon en zag dat ze twee
sms'jes had. Eén van Wouter die vroeg hoe het vandaag was
gegaan en één van haar vriendinnen. 'Hee Jillybilly! Ben je al
bijna thuis? Wij zijn er klaar voor! We hebben net twee uur
voor de spiegel gestaan, maar we zien er nu uit om door een
ringetje te halen. Ontkurk de wijn! Tot zo! We love you! Dikke
x, Jansje, Britt en Amber.'
Snel tikte Jill een sms'je terug. 'Heee! Ben nog steeds hier
in een veel te duur restaurant. De klant wil me aan iemand
voorstellen, maar die gast schiet maar niet op. Echt klote! Ik
hoop dat hij snel komt en dan race ik naar jullie toe. Sorry
voor de vertraging. Ik baal! x Jill.'
Jill keek nog snel even in de spiegel. Ze zag er ook niet meer
uit. Ze had een bleke snoet en wallen. Tja, wat wilde je ook
na zo'n drukke week? Gelukkig kon ze morgen uitslapen.
Heerlijk!

Zonder dat iemand haar opmerkte, nam Jill weer plaats
aan de grote ronde tafel. Iedereen was druk in gesprek en
Eduardo lag schaterlachend op tafel. Jill staarde voor zich
uit. Ze wilde hier helemaal niet meer zitten. Ze hoorde nu
eigenlijk bij haar vriendinnen te zijn. Samen met Wouter
natuurlijk, die ze deze week ook amper had gezien. Jennifer
was een lieve vrouw en ook met Eduardo had ze wel gelachen

vandaag, maar het was toch anders. Ze kende deze mensen helemaal niet. En over meer dan koetjes en kalfjes kon ze ook niet met hen praten. Jill had al gemerkt dat ze op een heel ander niveau zaten. Niet alleen was ze jonger, ze kende het modewereldje ook nog helemaal niet zo goed. Dan hadden ze het weer over mister X en dan weer over mister Y. Iedereen wist blijkbaar over wie het ging, behalve Jill. Ze had maar een beetje schaapachtig mee gelachen.

In haar tas voelde ze haar telefoon trillen. Een sms van Jansje. 'Ben je al onderweg???'

'Nee', antwoordde Jill.

'Nog niet? Shit, man! Straks ben je hier pas om halftwaalf of zo!'

'Ik weet het. Ik vind het zelf ook niet tof.'

Weer trilde haar telefoon. 'Zeg gewoon tegen die lui dat ze in de stront kunnen zakken. Het is hier echt nu al supergezellig! Anders mis je alles!'

Jill stopte haar telefoon weer in haar tas. Lekker ook, van Jansje. Alsof zij er iets aan kon doen dat ze nog niet in haar feestjurk op tafel stond te dansen.

'Wil je echt niet meer eten?' Gareth stootte haar aan.

'Sorry, wat zei je?' Afwezig keek Jill opzij.

'Of je geen honger meer hebt? Hier, neem anders een lekker stukje zeeduivel.' Gareth schoof zijn bord richting Jill.

Vriendelijk bedankte ze hem. 'Ik moet zo weg, weet je nog? Naar die verjaardag van mijn vriendin. Die wordt achttien.'

'Oh?' Gareth keek haar aan alsof hij helemaal niet wist dat ze weg moest. 'Waar moet je naartoe dan? Anders zet ik je zo even af.'

Jill schudde haar hoofd. 'Ik woon niet in de buurt. Het is nog zeker twee uur rijden. Een taxi brengt mij straks naar huis.'

Gareth keek op zijn fonkelende Rolex. 'Nog twee uur rijden? Nou schat, dat wordt een latertje. Hoe laat begint dat feestje eigenlijk? Twaalf uur?'

Weer schudde Jill haar hoofd. 'Nee, ik zou daar eigenlijk al om negen uur zijn, dus ik ben veel te laat.'

'Waarom zit je dan nog hier? Van mij mag je gaan, hoor, lieverd. Je werk voor vandaag zit erop. Dit etentje was gewoon voor de gezelligheid.'

Jill begreep Gareth niet. Ze moest David toch nog ontmoeten? Of was hij dat alweer vergeten? Voorzichtig vroeg ze hem ernaar. 'Eh... Gareth.' Stilte. 'Heb jij enig idee hoe laat David hier zal zijn? Je wilde hem toch nog aan mij voorstellen? Daarna ga ik naar huis.'

'David? Oh, die heeft twee uur geleden al ge-sms't dat hij niet meer kon komen. Druk met zijn werk, hè.'

Wat? David kwam niet meer? Jill kon Gareth wel wat aandoen! Ze zat #$%@ al heel de avond op hem te wachten en niemand die even de moeite nam om haar te vertellen dat hij gewoon had afgezegd? 'Komt hij niet meer?' vroeg Jill met een licht geïrriteerde ondertoon in haar stem.

'Nee, sorry. Hij sms'te me. Als ik geweten had dat je speciaal op hem zat te wachten, had ik het je wel even gezegd.'

Jill kon nog net een 'nou, lekker is dat' binnenhouden en draaide zich naar Jennifer. 'Hé, ik ga naar huis. David komt niet meer.'

'Oh, echt niet? Wat jammer. Nou schat, leuk dat je er nog even was. Ik bel je morgen.' Jill kreeg nog snel een vluchtige kus op haar wang en Jennifer ging verder met het gesprek tussen haar en een van Gareths marketingmannen.

Jill stond op, vroeg haar tas aan de ober en zei iedereen aan tafel gedag.

'Ik loop wel even met je mee naar de taxi', opperde Gareth, die de nog onaangebroken fles champagne van tafel griste. Jill knikte. Gelukkig had Gareth snel een taxi voor haar geregeld en kon ze om kwart over negen eindelijk naar huis. 'Moppie, bedankt voor vandaag.' Gareth gaf haar drie zoenen. 'Hier, een cadeautje voor je vriendin.' Hij overhandigde haar de fles champagne. 'Omdat ze zo lang op je moest wachten. Ik zal David zeggen dat zijn assistent volgende week even contact moet opnemen met Jennifer. Dan kunnen jullie elkaar binnenkort toch nog ontmoeten.'
'Dank je wel', mompelde Jill. Ze zwaaide vluchtig naar Gareth en stapte snel in de taxi. 'Rijden maar!'

# 4

Jill lag languit op de zwarte lederen achterbank van de taxi. Ze was echt doodop en de bubbels stegen al een beetje naar haar hoofd. Ondanks het weinige eten had ze geen honger meer. Ze pakte haar telefoon en zag dat ze een oproep had gemist van Amber. Ook haar inbox knipperde. Amber had een voicemailbericht achtergelaten. 'Jill!!' gilde Amber in haar voicemail. Op de achtergrond hoorde ze een hoop geschreeuw en gelach. 'Waar blijf je nou? Je bent al onderweg, mag ik hopen? Het is supergezellig hier en de wijn is al bijna op! Opschieten dus!' Jill lachte in zichzelf. Haar vriendinnen waren al lekker op dreef, dat was duidelijk. 'Joeeehooee', nu was het de stem van Jansje die ze hoorde. 'Laat die saaie modelui nou stikken en kom hier. Ik heb zin in taart en Amber wil hem pas aansnijden als jij er bent.' Nou, dan konden ze nog lang wachten, dacht Jill. Voordat zij thuis was, was de slagroom waarschijnlijk al lang verpieterd. Jill had even geen puf meer om te praten, dus typte ze maar een sms'je terug. 'Zit nu in de taxi. Als hij een beetje extra gas geeft, ben ik er over anderhalf uur. Snijd de taart maar vast aan, maar bewaar wel een stukje voor mij!'

Om exact halftwaalf reed de taxichauffeur de straat van Amber in. Hij kon haar huis niet missen, want bij de voordeur hingen slingers en ballonnen. Dat moesten Britt en Jansje gedaan hebben. Het was al jarenlang traditie om met verjaardagen iets geks, opvallends of leuks te regelen voor elkaar. Jill was op weg naar huis nog zeker vier keer bestookt met sms'jes van haar vriendinnen. Het laatste sms'je kwam van Amber en Jill kreeg er een brok van in haar keel. 'Lief vriendinnetje van me. Waar blijf je nou? Ik ben nog maar 45 minuten lang jarig', stond erin.

Jill bedankte de zwijgzame taxichauffeur en stapte uit. Ze was niet meer langs thuis gereden en droeg dus nog steeds een simpele jeans met flatjes en een wit T-shirt. Dat jurkje bleef dus ongedragen in de kast hangen.

'Ja! Eindelijk!' Amber, die de voordeur opendeed, vloog enthousiast en een tikkeltje aangeschoten op Jill af.

'Lieverd, gefeliciteerd! Sorry dat ik zo laat ben.'

'Geeft niets, je bent er en daar gaat het om.'

Jill gaf Amber een dikke kus. 'Oh, en kijk eens wat ik heb meegenomen...' Van achter haar rug toverde Jill de fles champagne tevoorschijn die Gareth haar vlak voor ze vertrok in haar handen had geduwd.

'Oh, lekker! Dat gaat er wel in. Kom, dan knallen we hem binnen open.'

In de ruime huiskamer van Amber was het een drukte van je welste. Amber had zowat de hele klas uitgenodigd en ook nog een heleboel vriendinnen van haar volleybalteam. In de hoek bij de open haard zag ze Jansje en Britt staan. Samen met Daniel, het vriendje van Jansje, Marvin, de vaste lover van Britt, en Wouter. Wouter merkte haar als eerste op. Hij kwam op haar afgelopen en begroette haar met een dikke kus. 'Eindelijk', fluisterde hij in haar oor. 'Ik heb je gemist.' 'Ik jou ook', gebaarde Jill. Ze wilde hem snel nog een kus geven, maar Jansje en Britt kwamen al op haar afgestormd. 'Mensen!' schreeuwde Jansje druk. 'Jill, ons nieuwe topmodel is *in the house*!' Iedereen in de woonkamer keek op en begroette haar enthousiast. Wat gênant was dit, zeg!

'Hoe was het vandaag?' wilde Amber weten.

Jill zuchtte. 'Leuk, maar wel heel vermoeiend. Je bent gewoon de hele dag in de weer voor een paar foto's.'

'Ja, maar hoe stoer is het dat jij straks groot in alle ketens van YIY te zien bent! Ik zou daar echt een moord voor doen', kwam Jansje tussenbeide.

Naast hen klonk een harde knal. Wouter had de champagne ontkurkt. Amber nam als eerste een grote slok, waarbij ze meer dan de helft op haar nieuwe jurkje morste. Vervolgens gaf ze de fles aan Britt, die gulzig haar lippen aan de fles zette.

'Amber, echt sorry dat ik zo laat ben', zei Jill zachtjes tegen haar jarige vriendin.

'Daar kun jij niets aan doen, meis. Ik ben blij dat je nu nog gekomen bent, echt.'

Jill keek haar met oprechte spijt in de ogen aan.

'Echt, Jill. Maak je nou maar niet druk. Wij snappen ook heus wel dat jij nu even druk bent met andere dingen. Zolang je ons maar niet vergeet nu je beroemd bent.'

Jill zag aan de pretogen van Amber dat ze het niet echt meende. 'Ben je gek! Natuurlijk niet! Jullie zijn echt zoveel gezelliger dan wie dan ook!'

'Nou, dan is het goed! Genoeg gekletst, het is tijd voor taart en champagne. Kom!'

Om kwart voor drie gingen de laatste gasten weg. Alleen de vier vriendinnen en hun vriendjes zaten nog in de woonkamer. Overal lage lege flessen, plastic bekertjes, half opengetrokken zakken chips en in de gordijnen zat een vette klodder mayonaise.

'Dat ruim ik morgen wel op', zei Amber vermoeid.

'Het was me het feestje wel, hè', zei Wouter, kijkend naar alle troep.

'Zeg dat wel', antwoordde Jansje. 'Ik heb me echt supergoed vermaakt!'

'Ik ook', zei Jill. 'Ik heb eindelijk weer even lekker met jullie kunnen bijkletsen en lachen. Normaal zie ik jullie zowat iedere dag, maar door al die drukte heb ik jullie helemaal niet echt gesproken deze week. Ik moest echt afkicken, haha!'

Wouter stond op en pakte haar hand. 'Kom, het is tijd om naar huis te gaan.'

De vriendinnen gaven elkaar een dikke knuffel en namen afscheid van elkaar.

Jill had, ondanks de lastige start, echt een heerlijke avond gehad. Ze had superveel gelachen met haar vriendinnen. Vooral om het feit dat iedereen uit de klas opeens heel graag met haar wilde praten, terwijl ze haar normaal gesproken amper bekeken. Maar het leukste gedeelte van de avond moest nog beginnen. Met Wouter in één bed liggen. Ze kon niet wachten totdat ze in zijn armen in slaap zou vallen.

# 5

'Goedemorgen, schoonheid.' De slaapkamer van Wouter vulde zich met de heerlijke geur van warme croissants en koffie. Langzaam deed Jill haar ogen open en rekte zich loom uit. 'Hé, lief', antwoordde ze verliefd. Ze had weleens gelezen dat het verliefde gevoel na zes maanden over zou zijn. Het had iets te maken met een chemisch proces in de hersenen of zo. Maar Jill was nu al bijna zeven maanden samen met Wouter en de vlinders waren nog steeds springlevend. Wouter kroop weer naast haar in bed en zette het goed gevulde dienblad tussen hen in.

'Wat is het toch heerlijk om zo wakker te worden', geeuwde Jill. 'Kun je mij niet iedere morgen ontbijt op bed brengen?' Wouter lachte. 'Ik heb het graag voor je over, maar het moet natuurlijk wel een beetje bijzonder blijven.'

'Dat is waar', antwoordde Jill. 'Anders zou ik ook maar zo verwend worden, hè.'

Wouter knikte. 'En dat willen we niet hebben.'

'Precies.' Jill smeerde wat roomboter op haar croissant en nam een flinke hap. 'Ik ben zo blij dat we weer even wat tijd hebben voor elkaar. Ik heb je echt gemist deze week.'

'Ik jou ook', zei Wouter. 'Maar goed, heel het land eist nu aandacht van mijn vriendinnetje, dus ik neem maar genoegen met een dagje als vandaag.'

Jill boog naar Wouter en gaf hem een kus op zijn neus. 'De rest van het land zal me een zorg zijn. Ik ben alleen van jou.'

'Haha, dat klinkt wel heel erg volwassen', reageerde Wouter lacherig.

'Tja, we worden ook een dagje ouder', grapte Jill terug. 'Ik word over anderhalve maand al achttien, hoor!'

'Dat is waar ook. 14 januari toch? Weet je al hoe je dat gaat vieren?'

Jill haalde haar schouders op. 'Met een groot knalfeest, denk ik. En als iedereen nou zijn slaapspullen meeneemt, kunnen we de hele nacht doorfeesten. Dat zou echt superleuk zijn.'

'Klinkt als een heel goed plan', mompelde Wouter met een volle mond. Hij spoelde zijn croissant weg met een slok koffie. 'Moet ik dan ook mijn luchtbed meenemen? Of mag ik naast jou kruipen?'

'Dat ligt eraan', antwoordde Jill speels. 'Als je lief bent misschien wel.'

'Als ik lief ben? Kom hier jij! Ik ben altijd lief, dat weet je toch.' Wouter zette het dienblad aan de kant en begon Jill genadeloos te kietelen.

'Genade!' smeekte Jill.

'Wat zei je?' plaagde Wouter haar.

'Genade, genade! Je bent de liefste van de hele wereld, echt waar!'

Op zondagavond kwamen Jansje, Britt en Amber langs. Jill had de hele dag met Wouter door de stad geslenterd. Ze hadden ijs gegeten bij de lekkerste ijssalon van de stad – hun witte chocolade-ijs met stukjes mango was echt een aanrader – en bij de lunch hadden ze Vlaamse frieten gegeten. Met een extra dikke klodder mayonaise. Heerlijk, zo'n dagje nietsdoen.

'Joehoooe.' Jansje was gearriveerd en stond beneden te gillen.

'Heeee, Jans! Ik ben boven.'

Aan het geklik van haar hakken hoorde Jill dat Jansje naar boven kwam. 'Is de rest er nog niet?' was het eerste wat ze vroeg toen ze de slaapkamerdeur van Jill opengooide.

'Nee, Britt belde net dat ze een kwartiertje later kwam en Amber zal wel weer te druk zijn om op tijd te komen.'

Jansje lachte. Die Amber ook, dat was een geval apart. Amber was het tegenovergestelde van de meer rustige Britt. De knappe Amber deed alles wat God verboden had – oké, niet echt alles natuurlijk, maar ze had wel overal maling aan en liep regelmatig in zeven sloten tegelijk. Maar wel met een grote glimlach, want Amber was bijna altijd vrolijk. Dreigde ze bijna de trein te missen omdat haar fietsbanden lek waren geprikt? Dan zette ze het niet op een vloeken, nee, dan hield ze doodleuk de eerste de beste leuke jongen aan en sommeerde ze hem om haar even op het station af te zetten. Ze had op die manier zelfs een keer een date geregeld met een heel knappe jongen. Helaas bleek zijn innerlijk minder spannend dan zijn looks, dus na een halfuur vluchtte Amber weg met de slechtste smoes ooit. Ze was vergeten om haar vis water te geven. Het stomste was misschien wel dat die jongen haar ook nog geloofde. 'Ga dan maar snel naar huis', zei hij. 'Voor je het weet ligt hij dood onder in zijn vissenkom.' Amber had hem bijna een minuut lang aangekeken of hij niet goed snik was – wat hij dus ook over-duidelijk niet was – en rende toen als een gek het café uit.

Sindsdien liep ze liever naar het station als haar fietsband weer eens lek was.

'Ik vond het zo gezellig gisteren', zei Jill oprecht.

'Ik ook', reageerde Jansje direct. 'We waren echt even bang dat je het niet meer zou redden. Dat zou echt zonde zijn! We hebben nog nooit een verjaardag van elkaar gemist sinds we vriendinnen zijn.'

Jill dacht na. 'Nee, inderdaad. Zelfs toen dat ene ex-vriendje van Amber dreigde het uit te maken als ze niet naar zijn verjaardag zou komen in plaats van die van jou, kwam Amber nog.'

Jansje lachte. 'Ja precies, een week later was het ook uit, weet je nog? God, die gast was echt vreselijk irritant. Hij haatte ons volgens mij echt.'

Jill knikte. 'Ach, die vriendjes van Amber kun je nou ook niet bepaald serieus nemen. Die heeft iedere twee maanden wel weer een andere scharrel en bij iedere jongen zegt ze zeker te weten dat dit dan toch echt de ware is. Nou, ik geloof het niet meer als zij het zegt. Jij?'

'Nee, man, Amber vindt het veel te leuk om te flirten, die wil echt niet zo'n serieuze relatie als wij hebben.'

'Hoe gaat het eigenlijk tussen jou en Daniel? Wel goed of niet?'

Jansje knikte weer. 'Ja, nog steeds. Gek, hè? Dat had ik nooit verwacht toen ik hem leerde kennen in de kroeg. We waren die avond ook zo dronken!'

Jill dacht terug aan de avond waarop Jansje haar huidige vriendje had leren kennen. Amber had met haar bambibruine ogen de barman helemaal van zijn à propos gebracht met als resultaat dat ze de hele avond gratis shotjes kregen toegeschoven.

'Hé, ik vind Marvin en Britt trouwens niet heel erg close met elkaar. Gaat het nog wel goed tussen hen?' vroeg Jill bezorgd. Ze zag dat Jansje even twijfelde. 'Er is toch niets, of wel?' Voor de derde keer die avond knikte Jansje. 'Niet zeggen dat ik je dit verteld heb, hoor, ze zal het je zelf straks wel vertellen, maar Marvin doet de laatste twee weken opeens heel afstandelijk.'

'Echt?' Jill kreeg onmiddellijk medelijden met haar vriendin. Marvin en Britt waren nu al ruim tweeënhalf jaar een stel en Britt was er stellig van overtuigd dat ze later met hem zou trouwen. Een beetje voorbarig misschien, maar haar oudste zus was pas ook getrouwd met de jongen die ze op veertien-jarige leeftijd al had leren kennen. Als Amber dit soort verhalen hoorde kreeg ze jeuk over haar hele lichaam. 'Zo burgerlijk. Gadver', riep ze dan. Britt trok zich daar niets van aan. Ze was echt zo'n meisje dat van kinds af aan al droomde over een grote, traditionele bruiloft, inclusief witte duiven en mierzoete bruidsmeisjes. De grote tuin van haar ouders had ze al gereserveerd als droomlocatie.

'Wanneer heeft Britt dat gezegd dan?'

Jansje dacht even na. 'Woensdagavond al. Ze had mij en Amber gebeld of we even wilden langskomen. Ze voelde zich echt heel erg rot en ze had de hele dag al gehuild, zo sneu.'

Jill voelde een steek van jaloezie door haar lichaam gaan. Waarom had Britt haar niet gebeld? Zij was toch ook een goede vriendin? Zij had Britt ook willen troosten. Ze bespraken altijd alles met z'n vieren en nu wist zij helemaal van niets.

Jansje merkte dat Jill zich gepasseerd voelde en zei snel: 'Jij was zo druk met alle interviews en zo. Britt wilde je niet lastigvallen met haar problemen.'

'Maar ze valt me ook niet lastig', reageerde Jill licht verontwaardigd. 'Ze had me best even kunnen sms'en of zo. Dan had ik haar meteen gebeld. Nu voel ik me helemaal schuldig. Jullie moeten echt niet denken dat mijn nieuwe baan belangrijker is dan jullie, hoor! Ik mag dan wel van de ene op de andere dag opeens "bekend" zijn,' Jill maakte met haar vingers aanhalingstekens in de lucht en ademde diep, 'maar ik ben nog altijd jullie beste vriendinnetje!'

Jansje schrok van de felle reactie van haar vriendin. 'Hé, rustig, joh! Dat snappen wij ook wel. Het was ook vast niet Britts bedoeling om je buiten te sluiten.'

Jill keek nog altijd niet helemaal overtuigd naar Jansje.

'Echt niet!' maakte Jansje haar nog een keer duidelijk. 'Ze zal je zo alles wel vertellen. Wij weten het fijne er ook nog niet van, hoor. Nou, kom op, trek het je niet zo aan.'

'Oké, oké', mompelde Jill. 'Ik zal me ook wel aanstellen dan, sorry. Het was ook zo'n rare en hectische week. Ik heb jullie en Wouter minder gezien en ik word de hele tijd maar aangesproken door allemaal vreemde mensen. Ik moet er volgens mij echt nog aan wennen om bekend te zijn. Misschien ben ik wel helemaal niet gemaakt voor het sterrendom.' Jansje lachte opgelucht en Jill gaf haar een speelse knipoog. 'Wat wil je drinken, Jans? Dan pak ik het even.'

# 6

De zwarte wolken aan de hemel voorspelden niet veel
goeds. Het zou niet lang meer duren voordat het keihard
zou gaan regenen. De winter had zijn intrede gedaan en
het was ijzig koud. Jill knoopte haar zwarte jas hoog dicht
en liep met grote passen naar het treinstation. Het was
inmiddels al weer ruim een maand geleden dat de finale van
*Supermodel in de maak* werd uitgezonden op de nationale
televisie en haar carrière als model verliep voorspoedig. Ze
had al een aantal fotoshoots gedaan voor een paar bekende
modebladen en ook nog een goed betaalde commerciële klus
voor een bekend schoenenmerk. Haar vliegende start was
mede te danken aan de populariteit van het programma,
had Jennifer haar al uitgelegd. 'Het is niet vanzelfsprekend
dat je in het begin voor zoveel grote klussen wordt geboekt.
Je hebt geluk', deelde Jennifer haar vorige week mee. Om
haar vervolgens direct weer met beide voeten op de grond te
doen landen: 'Maar besef wel dat dit zomaar over kan zijn.'
De campagnefoto's van YIY waren inmiddels gelanceerd en
hingen nu groot in de etalages van het warenhuis. Jill had
wel even moeten slikken toen ze zichzelf voor het eerst zo
levensgroot in de stad zag hangen, maar na er vier keer te

zijn langsgelopen begon het te wennen. De media-aandacht was gelukkig wat afgenomen en ook bij haar in het dorp waren ze gewend geraakt aan het feit dat Jill bekend was. Als ze door de gangen van haar school liep, werd ze niet meer aangestaard door alle brugsmurfen die ook nog eens – heel gênant – om een handtekening vroegen voor hun zusje, nichtje of buurmeisje. Nee, de handtekening was nooit voor henzelf. Jill geloofde er niets van, maar zette wel braaf haar krabbel op een uit een schoolschrift gescheurd blaadje.

Ze keek op haar horloge en zag dat de trein naar de hoofdstad over een kleine vijf minuten zou vertrekken. Shit, ze moest nog rennen ook. Daar had ze echt een hekel aan. Jennifer had haar gisteravond gebeld met de vraag of ze vandaag even op kantoor wilde langskomen. 'Ik moet iets belangrijks met je bespreken', had Jennifer op serieuze toon gezegd. 'Nee, het is niets ernstigs', had ze er snel achteraan gezegd, voordat Jill zich de ergste rampscenario's in haar hoofd kon halen. Dus nu was ze op weg naar het kantoor van Amazing Models. Ze was vanmorgen nog naar school geweest, want ze kon echt niet zoveel lessen missen. Het laatste uurtje gym had ze maar gespijbeld, daarvoor hoefde ze toch geen examen te doen. Een beetje slingeren aan de ringen kon toch ieder mens wel?

De conducteur blies hard op zijn fluitje en Jill kon net op tijd op de trein springen. Gelukkig reed ze eerste klas, lekker rustig. Jennifer vergoedde al haar reiskosten en stond erop dat Jill niet in zo'n bomvolle tweedeklascoupé zou gaan zitten. Jennifer vond reizen met de trein sowieso iets voor het 'normale' volk. Iets waar Jill het volkomen oneens mee was, maar ze had geen problemen met eersteklas reizen. De treinreis naar de hoofdstad duurde namelijk bijna twee uur, dus Jill kon in de tussentijd mooi leren voor haar tentamen economie. Bij televisieoptredens of andere promotionele klussen zorgde Mandy van NET10 ervoor dat een chauffeur Jill ophaalde van huis, maar haar werkzaamheden voor Amazing Models vielen niet onder de verantwoordelijkheid van NET10.

Ruim drie uur later kwam Jill gestrest aan in de hoofdstad. Haar telefoon rinkelde ongeduldig in haar tas.
'Ja?'
'Hé, waar blijf je nou? Ik zit op je te wachten met thee!'
Jennifer leek soms net een moeder.
'Ja, mijn trein had natuurlijk weer eens vertraging. Rotsysteem!' Jill zocht mokkend naar de goede uitgang in het veel te grote station. 'Heb je mijn sms'je niet gehad dan?'
'Ja, dat zag ik net, maar ik dacht dat je er nu toch wel zou zijn. Je bent bijna een uur later.'
Jill zuchtte. 'I know, sorry. Ik kan er niets aan doen. Ik pak nu de tram en kom naar je toe. Tot zo!' Jill hing al op voordat Jennifer kon antwoorden en trok een sprintje naar de tram, die op het punt stond weg te rijden.
'Zo, kijk eens wie we daar hebben!' Jennifer bekeek Jill van top tot teen over de rand van haar leesbril. Jill voelde zich altijd heel ongemakkelijk bij deze blik. De ogen van Jennifer gleden zo keurend over haar lichaam, dat Jill altijd zeker wist dat er iets mis was.
'Wat zie je rood, kind! Je lijkt wel een tomaat. En je hebt een zweetsnorretje.'
Jill kon Jennifer soms wel wat aandoen. Ze was heel lief en oprecht, eerlijk, maar soms ook te direct en kritisch. Gelukkig lachte Jennifer wel vriendelijk.

'Ik heb keihard gerend en de verwarming in de tram stond zo hard dat het er wel een sauna leek. Echt, het is koud, hoor, maar ze kunnen ook overdrijven.'

Ze liepen naar de kamer van Jennifer. Ze had een eigen kantoor met uitzicht op het water. Vanwege de grote kantelramen en de mooie zwarte hoekbank was dit een van Jills favoriete plekjes geworden. Ze had hier al vaak gezeten de afgelopen tijd. Eigenlijk ging ze iedere week wel een keer op en neer met de trein. Jennifer was streng maar rechtvaardig als coach. Maar ze was ook een echte moederkloek. Ze waakte altijd over haar kroost. Praten over liefdesproblemen? Jennifer wist altijd raad. Lastige leraren? Jennifer kon heerlijk meegaan in alle scheldkanonnades. En die bank, die hoorde alles. De bank waar Jill zich thuis was gaan voelen in die grote, onpersoonlijke hoofdstad. Waar iedereen tien keer gehaaster leek dan bij haar in het dorp, een stuk brutaler was en minder goed van vertrouwen.

Jennifer zette twee dampende mokken thee op de tafel voor hen en ging naast Jill zitten. 'Ja, ik zal maar meteen met de deur in huis vallen, hè?'

Jill knikte. Ze had al tientallen onderwerpen bedacht waarover Jennifer het met haar zou kunnen willen hebben. Zou ze dan toch moeten afvallen? Meer moeten sporten? De gedachte dat Jennifer haar relatie met Wouter wilde verbieden was zelfs al even door haar hoofd geschoten. Al had ze deze maffe gedachte meteen weer verworpen, want het was grote onzin natuurlijk. Ze was geen gewilde acteur of popster die meer hits scoorde als vrouwen dachten dat hun droomman nog vrijgezel was.

'Ik wil dat je hier komt wonen', zei Jennifer resoluut.

Jill keek haar een beetje geschrokken aan.

'Hier zoals in de grote stad hier?'

'Precies', knikte Jennifer. 'Uiteindelijk gebeurt bijna alles hier en je hebt vandaag zelf gemerkt hoe slopend en irritant het is om altijd zo lang te moeten reizen. Kijk, ik snap dat je een uur te laat was omdat je trein vertraging had, maar een dure ploeg op locatie wil echt niet een uur of langer op je moeten wachten.'

Jill knikte en liet het nieuws langzaam inwerken. Wow, verhuizen. Meteen schoten er een heleboel vragen door haar hoofd.

'Maar mijn school dan? En ik kan toch nooit een eigen huis betalen? En ik ken de stad helemaal niet!'

Ze ging steeds sneller praten en hapte naar adem. Er kwam nu zoveel op haar af en hoe meer ze erover nadacht, hoe groter de stap leek.

Jennifer bleef gelukkig heel kalm en gaf heldere antwoorden op al haar vragen. 'De meiden waar ik echt heil in zie, krijgen een *special treatment*. Als ik geloof dat ze een grote carrière voor zich hebben, steek ik ook graag extra tijd en energie in ze. Alle modellen die hun middelbare school nog niet hebben afgerond, zet ik op een privéschool. Daar weten ze precies hoe ze om moeten gaan met mensen die niet altijd naar school kunnen. Topsporters bijvoorbeeld. Die zitten daar ook veel.'

Jill nam een slokje thee en knikte braaf. Een privéschool dus. Pff, dat klonk wel heel chic. Jill kende een paar dorpsgenootjes die ook naar een privéschool gingen in een stadje verderop. Dat waren van die verwende meisjes met een rijke vader die op hun achttiende al een Mini Cooper cadeau kregen. In de kleur roze, als het even kon, met een dak in Burberry-print.

Jennifer zag de bedenkingen op het gezicht van Jill en probeerde haar onmiddellijk gerust te stellen. 'Het is echt een goede school, Jill. Simone zit er nu ook al twee jaar op en het bevalt haar prima. Bel haar anders straks eens om het een en ander te vragen. Zij komt net als jij ook uit een klein dorpje aan de andere kant van het land.' Jill had Simone één keer ontmoet bij een klus. Een heel aardig meisje. Lekker nuchter ook, maar zich wel bewust van haar capaciteiten. Jill voelde zich tijdens de shoot dan ook een beetje het domme zusje van... en had het idee dat ze volledig in de schaduw stond van Simone.

'En waar moet ik wonen dan?'

Ook daar had Jennifer uiteraard een antwoord op. 'Je kent het fenomeen modellenhuizen toch wel?'

'Oh nee!' antwoordde Jill vastberaden. 'Ik ga niet weer in zo'n kippenhok wonen. Ik vond de zes weken tijdens de opnames van *Supermodel in de maak* al verschrikkelijk met al die kibbelende en jaloerse meiden. *No way* dat ik in zo'n huis ga wonen!'

Jennifer schudde haar hoofd. 'Zie nou niet meteen spoken op de weg. Je hebt nog niet eens mijn hele verhaal gehoord. Simone woont samen met Ashita, een ander vrij nieuw model bij Amazing Models, in een heel mooi appartementje in de binnenstad. Er is net een model vertrokken naar het buitenland, dus er is een slaapkamer vrij. Volgens mij is het echt het ideale huis voor jou.'

Jill zakte achterover in de bank, pakte een kussen vast en overpeinsde alle informatie die ze zojuist te horen had gekregen. Verhuizen naar een andere stad, weg van haar vertrouwde school waar haar beste vriendinnen ook zaten. Weg van haar familie en Wouter! Hier moest ze echt even een nachtje over slapen. Zo'n beslissing was niet zo genomen.

'Nou, wat vind je ervan?' vroeg Jennifer met een grote glimlach op haar gezicht. Ze ging er vast al van uit dat Jill meteen ja zou zeggen, haar in de armen zou vliegen van dankbaarheid.

Jill zuchtte. 'Ja, eh, ik weet het niet zo goed...' stotterde ze. 'Ik vind het nogal wat, hoor, dat je me dit zo vraagt. Begrijp je dat? Ik wil het ook eerst met mijn ouders overleggen natuurlijk.'

Jennifer keek haar heel begripvol aan. 'Absoluut', reageerde ze onmiddellijk. 'Neem ze anders volgende week mee. Dan kunnen ze het huis ook bekijken en dan kan ik alle vragen die ze hebben beantwoorden. Het is voor hen natuurlijk ook moeilijk om hun kleine meisje te zien vertrekken.'

Jill stond op en liep naar het raam. Het was koud, dat zag je, maar de lucht was kraakhelder. Overal zag je mensen fietsen en je hoorde het geroezemoes van de stad tot in het kantoor van Jennifer. En dan alle grachten. Die waren toch ook wel erg schattig. Vooral de rondvaartboten met alle toeristen vond Jill heel typerend voor de hoofdstad. Zelf had ze ook ooit als een echte toerist met haar klas op zo'n boot gezeten. En nu kon ze hier gewoon gaan wonen. Een nieuw leven beginnen. Oké, dat was misschien wel een beetje dramatisch gedacht, maar zo voelde het wel een klein beetje, besefte Jill. 'Waarom wil je dat ik hier kom wonen, Jennifer? Behalve dan de reistijd? Is het echt nodig voor mijn carrière om te verhuizen, denk je? En al in zo'n vroeg stadium?'

Jennifer stond ook op en kwam naast haar staan. 'Lieverd', zei ze. 'Als dit niet het beste voor je was, had ik het ook niet voorgesteld. Eerlijk, geloof me. Ik heb het al bij zoveel

meisjes zien misgaan. Die kwamen om in het werk, reisden
stad en land af, kregen gezeur met school omdat ze veel
lessen misten en de mensen thuis snapten er allemaal niets
van. Hun normale leven gaat gewoon door. Jouw leven is
360 graden veranderd. Besef je dat eigenlijk wel? Serieus, Jill,
ik geloof er echt in dat je het ver kunt schoppen. Dus grijp
die kans en geniet! Je kunt nu zoveel van de wereld zien en je
krijgt er nog betaald voor ook. Die kans krijgen maar weinig
meisjes, wees je daar goed van bewust.'
Jill staarde nog steeds voor zich uit. Jennifer had gelijk.
Als ze echt wilde werken als model moest ze er ook voor
de volle honderd procent voor gaan. Aan half werk had je
niets. Als ze haar oude, vertrouwde leventje wilde blijven
leiden, had ze zich maar niet moeten opgegeven voor een
televisieprogramma.
Jill draaide zich om en keek Jennifer strak in de ogen. 'Ik doe
het. Wanneer kan ik verhuizen?'

# 7

Het was drie december, de dag van de verhuizing. Precies twintig dagen na het grote nieuws. Het nieuws dat thuis als een bom was ingeslagen. Een huilende moeder (zelfs haar grootmoeder huilde), een wantrouwend vriendje en verontwaardigde vriendinnen. Het plaatje was compleet. Maar gelukkig waren ze, net als Jill, tot inkeer gekomen.

'Eigenlijk ben ik zo trots op je, maar ik loop alleen maar te zeuren dat ik je straks veel minder ga zien', biechtte Amber op aan Jill een dag nadat ze haar verhuizing had aangekondigd.

'Als je belooft dat ik af en toe bij je mag blijven slapen, dan laat ik je gaan', had Jansje gegrapt.

Britt had er het minst moeite mee. 'Weet je hoe gaaf dit is? Echt, hoor, ik lees zoveel verhalen over beroemde modellen en zo. Wist je dat ze bijvoorbeeld voor alle hippe feestjes in het land worden uitgenodigd? Echt waar, hoor! Ik lees iedere maand het Partyreport van de *Grazia* en daarin staan altijd minstens drie modellen.' Britt, geboren roddelkoningin, kon maar niet ophouden over alle ge-wél-dige dingen die Jill hoogstwaarschijnlijk te wachten stonden.

'Weet je wat jij later moet doen?' had Jill alleen maar gezegd.

'Solliciteren bij zo'n roddelblad en met je telelens alle feestjes afstruinen.' Het grappige was dat Britt er nog serieus over nadacht ook.

'Jill, je bent je oplader van je telefoon vergeten! En moet je dat schoolboek niet hebben dat op het bureau ligt?' Haar moeder was al de hele morgen gestrest en schreeuwde schel door de trappenhal.
'Aaah!' gilde Jill. 'Mam, houd nou eens op met dat paniekerige gedoe. Echt, ik word helemaal zenuwachtig van je.'
'Ja, maar heb je je oplader dan niet nodig? Straks zit je daar en kun je niet meer bellen.'
'Wat is er toch allemaal aan de hand?' kwam haar vader tussenbeide. 'Waarom zitten jullie zo te schreeuwen tegen elkaar? Ga even naar boven, naar je moeder, Jill.'
Chagrijnig liep ze de trappen op. 'Mam, ik heb alles al! Ik heb twee opladers en eentje laat ik er hier liggen voor als ik in het weekend thuis ben.'
'Ja, maar...'
Jill pakte haar moeder vast. 'Doe nou eens rustig. Je doet net alsof ik ga emigreren naar Timboektoe of zo! Het is maar aan de andere kant van het land, hoor, en ik probeer ieder weekend naar huis te komen. Of anders eens in de week, als ik tijd heb.'
Eindelijk werd haar moeder wat rustiger. 'Dat weet ik ook wel, schat. Maar het is niet niets, hoor, als je kleine meid opeens naar de grote stad verhuist.'
Jill gaf haar moeder een knuffel en voelde een traan over haar wang biggelen. Bah, wat zou ze iedereen missen. Zelfs haar kleine broertje, dat ze af en toe wel achter het behang

kon plakken. Maar goed, ze wisten allemaal waarvoor ze het deed: een flitsende carrière.

Overal stonden halflege dozen. Haar schoenen lagen slordig in een grote berg onder aan de trap. Haar schoolboeken lagen opgestapeld voor de grote boekenkast in de huiskamer. Waarschijnlijk konden ze er toch niet meer bij, want Simone had een belachelijk grote verzameling tijdschriften. In Jills slaapkamer was het al net zo'n slagveld. Haar vader had samen met haar broertje haar nieuwe tweepersoonsbed in elkaar gezet – eindelijk een volwassen bed, yes! – en hij had een grote passpiegel opgehangen vlak naast de immense kledingkast. De muur boven haar bed had ze versierd met tientallen fotolijstjes, die kriskras door elkaar hingen. Er zaten foto's bij van haar en Wouter, die haar een lief kusje op haar wang gaf, uitgaansfoto's waarop Jill in halfdronken, uitgelaten stemming met haar vriendinnen op de bar stond te dansen – het viel haar nu pas op dat de barman achter hen wel heel erg naar hun billen zat te staren – en ook wat oude familiefoto's die ze uit haar fotoalbums had gescheurd en ingelijst. De leukste foto was die van haar en Rik, haar broertje. Op de foto was Jill een jaar of zes, haar broertje hooguit vier. Ze zaten aan de oude keukentafel en Jill had de blonde krulharen van haar broertje stevig vast. Jill moest telkens weer glimlachen als ze de foto zag. Ze wilde die middag per se een zonnetje tekenen op het gezicht van haar broertje, alleen werkte het krijtje waarmee ze dat wilde doen niet zo goed op zijn huid. Haar verhitte hoofd verried dat ze erg veel kracht moest gebruiken, en haar broertje gilde het, op het moment dat de foto genomen werd, uit van de pijn. Als Jill zich weer eens vreselijk ergerde aan Rik, die flink in

zijn puberteit zat, hoefde ze alleen maar even naar die foto
te kijken om eraan herinnerd te worden dat zij ook niet altijd
even lief was voor haar broertje.

Een doffe bons. Iemand klopte op haar slaapkamerdeur.
'Binnen!' riep Jill. Simone, lang, barbieblond en met de meest
indringende groene ogen die Jill ooit had gezien, kwam haar
kamer binnen. Met haar oversized roze huispak en haren die
slordig in een staartje op haar hoofd waren gebonden leek
Simone helemaal niet op een succesvol model.
'Alles goed?' vroeg Simone belangstellend aan haar nieuwe
huisgenote.
'Ja, het gaat goed. Dank je.' Jill keek haar nieuwe slaapkamer
rond. De kamer was niet heel groot, maar ze was er blij mee.
De slaapkamer zat aan de achterkant van het huis en keek uit
op een schattig klein tuintje. De witte muren gaven de kamer
een sereen gevoel en de beige vloerbedekking voelde heerlijk
warm en zacht aan onder haar voeten. 'Ik moet nog wel veel
dozen uitpakken, hoor, maar dat komt wel goed.'
Simone lachte. 'Wat hebben wij meiden toch ook altijd
veel troep, hè? Ik weet nog dat ik mijn ex-vriend hielp
met verhuizen vorig jaar. Hij ging van studentenhuis naar
studentenhuis en het enige wat hij meenam was een grote
vuilniszak met kleren, een paar schoenen en een tas met
boeken. Ongelooflijk!'
Jill lachte met Simone mee. Eigenlijk was ze te moe om
gezellig te kletsen met haar huisgenootje – zo goed kende ze
haar nou ook nog niet – maar ze wilde haar ook niet direct de
deur wijzen. Je woonde toch met z'n allen in één huis.
'Ashita heb je nog niet gezien, hè?' ging Simone vrolijk
verder.

Jill schudde haar hoofd. 'Nee, die was niet thuis vandaag. Komt ze nog, denk je?'

Simone haalde haar schouders op. 'Geen flauw idee, dat kind hangt altijd overal en nergens uit. Ze heeft zo'n gek krakervriendje, je weet wel, zo'n ongeschoren langharige *dude* met van die lelijke, afgedragen T-shirts aan en daaronder zo'n hippiebroek met een laag kruis. Volgens mij roken ze de hele dag door jointjes.'

Simone was echt een kletskop, dat had Jill al wel door. Maar ze vond het niet vervelend, ze deelde liever een huis met twee meiden dan alleen te wonen. Het huis was vrij groot, en dat was op zich al een luxe. Jill had weleens verhalen gehoord van de zus van Wouter. Zij studeerde in een grote stad en woonde in zo'n vreselijk goor studentenhuis. Haar kamer was niet groter dan tien vierkante meter en de gezamenlijke woonkamer stond vol met aangekoekte pannen, lege bierflesjes en volle vuilniszakken die ze – lui als ze waren – soms wel twee weken bij de deur lieten staan. Jill had altijd verwacht dat haar eerste eigen stekje niet veel groter zou zijn dan een ruime meterkast. En kijk eens waar ze nu was beland, een net gerenoveerd appartement in de binnenstad met twee verdiepingen en een groot dakterras. Jennifer had zich voor de inrichting duidelijk laten inspireren door Ibiza, haar favoriete vakantiestek. Een grote witte loungebank vulde de huiskamer en op de vloer lagen twee gekleurde, ronde kleden in warme aardetinten. Die vormden een mooi contrast met de verder veelal witte inrichting. Boven op de schouw stond een groot gouden Boeddhabeeld en op de ronde poef met dienblad, die als bijzettafeltje diende, stonden zeker vijftien gekleurde kaarsen. Jill had het gevoel dat ze zich hier best wel thuis zou kunnen voelen.

Simone stond nog steeds in haar kamer en keek aandachtig naar de foto's aan de muur. 'Leuk', zei ze en ze wees naar de foto van de vier vriendinnen op de bar.

Jill lachte. 'Ja, dat was tijdens een avondje stappen met mijn beste vriendinnetjes.'

'En hij?' Simone was bij de grote foto van haar en Wouter aanbeland. 'Dat is zeker je vriendje waar je me tijdens de shoot over vertelde?'

Jill knikte verliefd. 'Dat is Wouter, ja.'

'Leuke jongen, hoor', antwoordde Simone met een goedkeurende blik op de foto. 'Gaan jullie al lang met elkaar?'

Jill begon aan haar verhaal. Het verhaal dat ze al zo vaak had opgedreund. Over hoe ze elkaar via MSN hadden leren kennen en over hoe zenuwachtig ze was tijdens hun eerste date. Ze had zelfs Amber gesommeerd om haar na een kwartier te bellen om te checken of hij geen eng monster was met een grote pukkel op zijn neus en met gigantische flaporen. Anders zou Amber haar onmiddellijk komen redden. Gelukkig bleek dat niet het geval. Nee, Wouter was eigenlijk nog leuker dan ze had gehoopt.

Toen Jill eindelijk klaar was met haar verhaal en alle vragen van Simone had beantwoord, was het al bijna een uur later. Simone was best een gezellig meisje, vond Jill. Nieuwsgierig en praatgraag, maar niet vervelend.

'Hé, als je het niet erg vindt, ga ik even verder met uitpakken en dan kruip ik lekker in mijn nieuwe bed.'

'Prima!' antwoordde Simone en ze sprong op. 'Ik zie je morgenvroeg wel bij het ontbijt. Praten we dan verder.'

Toen Simone de deur van haar slaapkamer sloot, liet Jill zich achterovervallen. Pff, zo'n dag verhuizen ging je niet in je koude kleren zitten. En dan was het sjouwen van alle spullen nog niet eens het zwaarst. Toen ze twee uur geleden afscheid nam van haar familie en Wouter die weer terug naar huis gingen, besefte ze pas hoe zwaar verhuizen was. In de ogen van haar moeder glinsterden tranen en Wouter was erg stil. 'Ik zie jullie volgend weekend al weer, hoor!' had Jill ze nog nageroepen toen ze in de auto stapten, maar zodra ze de hoek om waren moest ook Jill een grote brok in haar keel doorslikken. Welkom in de grote stad, Jill. Welkom in de echte modellenwereld, merkte ze sarcastisch op toen ze terugliep naar de voordeur. Wat als ze nou niet tijdens een middagje shoppen was gescout door iemand van NET10 die haar, samen met haar vriendinnen, had overgehaald om zich in te schrijven voor een tv-programma? Dan zat ze nu nog lekker thuis. Met Wouter op de bank. En kende niemand haar. Goh, als ze het zo hardop zei, klonk haar oude leventje eigenlijk best een beetje saai.

# 8

Ashita was gestoord. Nee, echt serieus gestoord. Rijp voor het gesticht. Knettergek. Jill woonde nu amper twee weken in het modellenappartement en was in het weekend naar huis geweest, maar ze was er vast van overtuigd. Ashita rookte meer wiet dan Bob Marley en alle rappers bij elkaar en had de coffeeshop bij hen om de hoek gebombardeerd tot haar tweede thuis. Eten deed ze zelden. Ze leefde op een dieet van cola light en sigaretten. Jill snapte niet hoe ze het volhield.

Zoals twee dagen geleden, op woensdagavond, toen Jill aan de keukentafel zat te studeren. Ashita en Gert – haar zo mogelijk nog krankzinnigere vriendje – kwamen de keuken binnengestrompeld. Die vulde zich onmiddellijk met een scherpe wietlucht waar Jill bijna van moest kokhalzen. De ogen van Ahita waren rood omrand.
'Hé, Jill, weet jij waar mijn wodka gebleven is?'
Jill keek op van haar studieboek. 'Nee, ik heb geen idee.'
Ongeduldig trok Ashita alle keukenkastjes open.'Shit, man, waar kan die fles nou liggen?'
Gert ging naast Jill zitten en staarde loom voor zich uit.
'Gevonden!' Triomfantelijk hield ze de fles wodka omhoog,

draaide de dop van de fles en nam een flinke slok. Ze proestte het uit, maar nam meteen nog een flinke slok. 'Jij ook een slokkie, Jill?'

'Nee, dank je', antwoordde Jill met opgetrokken wenkbrauwen. 'Ik heb morgen een tentamen.'

'Ah, joh. Doe niet zo saai! Met een beetje alcohol kun je veel beter leren. Toch?' Ze keek haar slonzige vriendje aan. 'Toch, Gert? Zeg eens tegen Jill hier dat een beetje alcohol haar goed zal doen. Je moet het leven niet zo serieus nemen.'

'Zeg, heb jij morgen geen klus in het buitenland?' kwam Jill tussenbeide.

'Ja, maar wat maakt het uit? Ik mag toch wel een beetje feestvieren? Ja, toch, Gert? Zeg eens tegen Jill dat je best een beetje feest mag vieren.' Weer mompelde de flapdrol naast haar iets in de trant van: 'Ja, dat vind ik ook.'

'Hoe laat gaat je vlucht?'

Ashita haalde haar schouders op. 'Geen idee. Vast vroeg. Jennifer boekt altijd van die vroege vluchten. Zo irritant.'

'Zou je dan niet eens gaan slapen? Het is al bijna halfelf.'

Ashita begon te lachen, heel hard en heel lang. 'Maak je niet druk, man! Het leven is veel te kort om je druk te maken om dit soort onzinnige dingen. Nee, Gert en ik gaan nog uit. Ja, toch, Gert?' Weer knikte de jongen naast haar.

Jill keek haar huisgenote aan en schudde haar hoofd. Dit meisje was echt verknipt. Als Jill een klus zou hebben in het buitenland, zou ze nu al lang in bed liggen. Wallen en een grauwe huid waren echt funest voor een model.

'Oké, nou, veel plezier dan', zei Jill, die toch wel wist dat ze Ashita niet kon overtuigen met haar wijze preek. Ze pakte haar spullen bij elkaar en vertrok naar de slaapkamer om daar verder te leren.

's Nachts werd ze wakker van gestommel op de trap. Ze keek op haar wekker. Halfzes. Kwam Ashita nu pas thuis? Zo te horen was ze stomdronken. Ze sloeg met de badkamerdeur en liet continu van alles vallen. Jill kon haar wel iets aandoen. Waarom kon ze niet gewoon een beetje zachtjes doen? Na een kwartier viel ze gelukkig weer in slaap. Niet veel later werd ze alweer gewekt. Ditmaal door het geluid van een telefoon. Weer keek ze op haar wekker. Het was nog maar drie kwartier later. Waar kwam dat geluid toch vandaan? Ze kon toch niet meer slapen en stapte uit bed. Op de gang bleek al snel dat het geluid uit de kamer van Ashita kwam. Tja, van wie anders? Jill opende de deur. Ashita lag voor dood op bed. Ze was met kleren en schoenen aan in slaap gevallen.

'Hé, wakker worden', zei Jill. 'Je telefoon is al een paar keer overgegaan.' Ashita draaide zich om en bleef stug doorslapen.

'Hé! zet die telefoon eens uit! Ik kan er niet van slapen!' riep Jill nu geïrriteerd. Ze pakte de arm van haar huisgenote en schudde haar wakker. Dat werkte.

'Huh? Wat?' reageerde Ashita versuft.

'Je telefoon, sukkel! Die gaat al de hele tijd over.'

En net op dat moment begon haar Blackberry weer te rinkelen.

'Ja? Wie is dit?' De persoon aan de andere kant praatte zo hard dat Jill letterlijk ieder woord kon verstaan. Het was Jennifer. Waar ze bleef. Ashita had al een kwartier geleden bij haar moeten zijn, zodat ze samen naar het vliegveld konden rijden. Ashita mommelde versuft dat ze nog lag te slapen en hing toen op. Ze wilde zich al weer omdraaien om verder te slapen, maar Jill bemoeide zich ermee.

'Hé! Opstaan! Je moet als een speer naar Jennifer.' Jill hoorde hoe moederlijk ze klonk. Al weer.

'Hmm, moet dat echt?' Een vieze walm alcohol kwam uit de mond van Ashita.

'Ja, dat moet echt!' Jill trok de dekens van haar huisgenootje af. Een trucje dat haar moeder ook altijd bij haar uithaalde als ze niet uit bed wilde komen 's ochtends. Met veel moeite zwaaide Ashita haar benen over de bedrand heen. Jill schrok van haar gezicht. Het leek wel of ze ermee tussen een walsmachine had gezeten. Haar ogen waren rood en nog dik van de slaap. Make-upresten vormden vieze plekken op haar gezicht en haar normaal zo mooie donkere lokken, plakten nu als een kleverig vogelnestje op haar hoofd. Als Jennifer haar zo zou zien, zou ze haar onmiddellijk op straat zetten. Jill liep naar de douche en draaide alvast de kraan open. Eigenlijk moest ze slapen. Over twee uur ging haar wekker pas en dan moest ze naar school om een belangrijk tentamen te maken. Maar Ashita maakte de moeder in haar los en ook al had ze het niet verdiend, Jill wilde haar toch graag helpen. Dik een halfuur te laat vertrok Ashita met een vreselijke kater eindelijk richting Jennifer en kon Jill weer rustig slapen.

Nu was het vrijdagavond en Jill en Simone zouden voor het eerst samen gaan stappen.

'Gaat Ashita eigenlijk ook mee?' schreeuwde Simone boven de muziek van Kayne West uit. Ashita was die middag terug-gekomen van haar klus aan de Franse Côte d'Azur en was onmiddellijk in haar bed gekropen.

'Volgens mij ligt ze nog voor dood op bed. Ze had de nacht voordat ze vertrok helemaal niet geslapen.'

In de badkamer hoorde ze Simone lachen.

'Die Ash! Dat is echt een feestbeest eersteklas. Al vergaat de hele wereld, zij blijft stug doorfeesten.'

Jill snapte niet zo goed wat er nou zo grappig was aan het gedrag van hun huisgenote. Ze vond het eerlijk gezegd onvolwassen en puberaal. Hoe kon je nou niet slapen als je de volgende dag moet werken? Dan zette je Jennifer en Amazing Models toch vreselijk voor schut?

'Ga je vaak met Ashita uit?' vroeg Jill.

Simone zette de föhn uit. 'Wat? Ik verstond je niet.'

'Of je wel vaker met Ashita op stap gaat.'

'Oh ja, zo vaak. We zitten een beetje in hetzelfde kringetje, je weet wel. Modellen en zo. Al is ze de laatste tijd wel een beetje een andere kant op gegaan. Meer met van die wazige figuren, zoals die Gert van haar.' Gekleed in niet meer dan een kanten boxer en een strak wit hemdje kwam Simone de badkamer uit. 'Een paar maanden terug ging Ash vaak met me mee naar Repeat, maar sinds ze keihard gedumpt is door een van die barmannen daar komt ze er niet meer zo graag. Nu zit ze dus een beetje in die vage raverscene. Ach, dat zal ook wel weer een tijdelijke fase zijn. Ash heeft nou eenmaal van die buien.'

Jill knikte niet helemaal overtuigd. 'Hmm, ik weet het niet, hoor. Ik kan echt geen hoogte van haar krijgen. Negen van de tien keer is ze stoned.'

Simone wuifde Jills ongenoegen over hun huisgenote weg. 'Joh, zo is Ash. Trek het je niet aan. Heb je haar ouders weleens gezien?'

'Nee, hoezo?' Jills nieuwsgierigheid was aangewakkerd. Waren dat soms van die jarenzeventighippies met vlechten tot op hun kont en wijde flowerpowerbroeken? Een meisje van haar oude basisschool had ook zulke ouders.

Totaal gestoord. Maar wel op een leuke manier.

'Neem de moeder van Ash. Echt zo'n hoogblonde snob', begon Simone met haar uitleg. Geschrokken keek Jill naar Simone. 'Ja, sorry! Maar het is echt zo'n lellebel. Neptieten, *nosejob*, opgespoten lippen en een hoop goud aan haar lichaam. Het complete plaatje. Haar vader daarentegen is net een maffe professor. Totaal verstrooid, onverzorgd en zijn favoriete schoenen zijn van die jezusslippers met sokken erin. Je weet wel, van die lelijke bruine sandalen met klittenband.'

Jill kon zich er niets bij voorstellen. Hoe konden haar ouders zo verschillend zijn en dan samen een kind maken dat nog eens zo anders was?

'Ja, gek, hè! Ik geloofde het eerst ook niet, maar ze zijn toch al bijna dertig jaar bij elkaar! Het schijnt dat haar moeder pas sinds een jaar of tien het licht heeft gezien. Zo van de ene op de andere dag. Ze ging naar de kapper, verfde haar haren blond en stap één was gezet.' Jill luisterde met open mond. Het leek wel zo'n slechte Amerikaanse B-film. Simone, die ervan hield om op haar praatstoel te zitten, ratelde vrolijk door. 'Nou, een maand later scheen ze al in het bezit te zijn van bh's twee cupmaten groter – als je snapt wat ik bedoel.'

'Hoe weet jij dit allemaal?'

'Over de ouders van Ash? Oh, dat heeft ze me ooit eens verteld. Zoals ik zei, soms heeft ze van die buien. Maar ik kan ook heel serieus met haar praten.' Jill kon het zich moeilijk voorstellen, maar Simone zou wel niet liegen.

'Wil je niet weten hoe haar moeder aan al het geld komt voor die operaties en de dure gouden sieraden?'

Nog voor Jill antwoord kon geven, ging Simone al verder met haar verhaal.

Jeetje, Simone zou echt een perfect roddelduo vormen met Britt. Ze zag al voor zich hoe de twee meiden samen een maandelijkse column vulden in *Achterklap*, het grootste roddelblad van het land. 'Nou, de roddel gaat dus dat haar moeder een soort van, eh, ja, hoe zeg ik dat netjes, scharrel heeft. Een suikeroom. Zo'n vieze oude grijze vent. Zij gaat af en toe met hem naar bed, hij betaalt haar operaties.'

Jill kon haar oren niet geloven. 'Je maakt een grapje!'

'Nee, ik zweer het je!'

'En Ashita dan? Die weet dat allemaal?'

'Yep!' De ogen van Simone werden steeds groter en sprankelender. Ze genoot er echt van om alle *sleaze & dirt* van hun huisgenote uit de doeken te doen.

'En die vader dan? Die professor?'

'Oh, die maakt zich meer druk om zijn knutselwerkjes in de schuur. Volgens Ash brengt hij al dertig jaar lang tien uur per dag in zijn schuur door. Vanaf het moment dat haar ouders van hun huwelijksreis terugkwamen.'

'Wat erg!' Jill sloeg een hand voor haar mond. Als je dit soort dingen in de blaadjes las, dan was het grappig. Maar het zou je maar overkomen. Wat een triest gedoe! Ze kreeg opeens medelijden met haar verknipte huisgenote. Niet verwonderlijk dat ze niet helemaal normaal was, met zulke ouders. 'Jeetje', mompelde ze voor de vierde keer dat uur. 'Dat had ik echt niet gedacht.'

Simone sprong van Jills bed en liep weer naar de badkamer. Ze hadden nog drie kwartier voor ze aan de ingang van club Repeat verwacht werden. De populairste club van de stad. Althans, volgens Simone.

'Ik ga wel even bij Ashita kijken of ze al wakker is. Dan kan ik vragen of ze mee wil', zei Jill.

Nu ze wist uit welk milieu haar huisgenote kwam, besloot ze om haar dan toch nog een kans te geven. Misschien was ze toch niet zo erg als ze dacht.

Vijftig minuten later stonden Simone en Jill voor de ingang van Repeat. Ashita wilde niet mee. Ze was nog te moe van de klus in Frankrijk (en van de nacht doorhalen met wodka en joints, maar daarover hield Jill maar wijselijk haar mond. Denk aan de maffe ouders, Jill. Denk aan de maffe ouders! prentte ze zichzelf in).

Jill had voor ze vertrok Wouter nog snel even ge-sms't. Ze miste hem. En hij haar. Hij vond het helemaal niet leuk dat Jill dit weekend niet naar huis kwam. Maar ze had een kleine klus voor NET10 zondagmiddag. Hij reageerde teleurgesteld. 'En vrijdag en zaterdag dan?' Daar had Jill zelf ook nog aan gedacht, maar het was een lange reis en ze moest eerlijk bekennen dat het haar ook wel een slim idee leek om wat meer met haar huisgenoten en de andere 'modellen' op te trekken. Zonder vrienden in zo'n grote stad wonen zou echt een ramp zijn. Simone kende al zoveel mensen hier en ze woonde er nog maar een klein jaar. De bedoeling was dat ze vanavond met haar mee naar Repeat zou gaan – de vaste stek van haar vriendengroepje op vrijdagavond – dus Jill zou ze na vanavond ook wel kennen. 'Ik weet zeker dat je mijn vrienden aardig vindt', had Simone opgewonden geroepen. 'Ze werken ook bijna allemaal als model. Of ze doen iets anders in "het wereldje". Je kent het wel.' Simone bedoelde de modewereld. Een achterhaalde naam eigenlijk, want lang niet iedereen in "dat wereldje" werkte in de mode. Veel wel, maar lang niet iedereen. De rest deed alsof.

'Simoon! Joehoooe!' In de verte zwaaide een lang, donker meisje fanatiek naar Simone. Aan haar arm bungelde een rode tas vrolijk mee. Jill kende niet veel modemerken, maar ze had al wel geleerd dat dit exemplaar het label Balenciaga droeg en op z'n minst zo'n 800 euro kostte. En dat was dan nog maar het kleinste exemplaar...

'Moppie!' Simone vloog haar vriendin in de armen. 'Stef, dit is Jill. Jill, dit is Stef.'

Stef gaf Jill een stevige hand.' Eigenlijk is het Stefanie, hoor', glimlachte ze vriendelijk. 'Maar iedereen noemt me Stef. Hé, maar jij hebt toch *Supermodel in de maak* gewonnen?'

'Ja, dat was ik', antwoorde Jill nog ietwat verlegen. Ze vond het nog steeds eng om nieuwe mensen te ontmoeten, zeker als de rest elkaar al goed kende.

'Echt cool, man!' ratelde Stefanie door. 'Ik vond jou ook echt de beste. Je wordt zeker wel door iedereen op straat herkend, niet? Je hebt vast al duizenden handtekeningen moeten uitdelen.'

'Eh, ja, soms wel. Maar het valt eigenlijk reuze mee, hoor. Zeker hier in de stad. Iedereen is er volgens mij wel aan gewend dat hier mensen wonen die op televisie komen. Dat is in mijn dorp wel anders.'

Simone en Stefanie knikten wild. 'Hier komen ook altijd bekenden van televisie. Echt, het zijn maar normale mensen, hoor. Al vinden sommigen zich wel heel wat. Toch, Simoon?'

Simone knikte terwijl ze haar rinkelende telefoon uit haar tas pakte. 'Hé, Neil, ben je er al bijna?' zei ze. 'Oh, wacht, ik loop even naar je toe.' Ze keek haar vriendinnen aan, zei: 'Moment, ik ben zo terug', en liep weg.

'Heeft Simoon je weleens verteld over David?'

Jill dacht diep na.

Hmm, David, nee, daar had ze nog nooit van gehoord.

'Zegt de naam David Senders je iets?'

Ja, natuurlijk kende ze David Senders wel. Dat was die knappe jongen met donkere krullen die een populair sportprogramma presenteerde. Amber riep altijd dat ze smoorverliefd op hem was. 'Ja, die ken ik wel, ja', antwoordde Jill.' Hoezo, wat is daar dan mee?'

Stef begon geheimzinnig te lachen. 'Dat is de ex van Simoontje.'

Jills ogen werden groot. 'Echt? Heeft ze iets met David Senders gehad? Doe normaal! Die gast is hartstikke bekend.'

'Vertel mij wat', reageerde Stef. 'Simone heeft welgeteld drie weken met hem gelopen. Ze was in de wolken. Hij belde haar iedere dag en nam haar mee naar de meest dure restaurants. Niets was te gek.'

'Wow', verzuchtte Jill. Wouter nam haar nooit mee naar een heel duur restaurant. De Steak Grillhouse in het dorp was voor hem al te veel. Haar vriendje was nou eenmaal niet superromantisch. En ook niet rijk...

'Nou, je raadt het al', ging Stef door. 'Na drie weken kwam hij een ander tegen. Ook hier, in Repeat. Een of ander suf belspelmeisje. Met neptieten natuurlijk. Hij liep als een mak hondje achter haar aan en dumpte Simone met een sms'je. De klootzak.'

'Jeetje, zeg... wat een eikel!'

Jill had Simone nog nooit een woord over David horen zeggen, maar ze snapte ook wel waarom. Gedumpt worden, en dan nog voor iemand anders, was natuurlijk niet iets waar je trots op was.

'Ja, en meneer denkt echt dat hij God is. Zijn ego reikt tot aan het plafond en hij gaat ervan uit dat iedereen hem wil. Hoezo sterallures?' Om haar verhaal kracht bij te zetten, rolde ze overdreven met haar ogen.

Jill knikte. Bah, met dat soort mensen had ze dus echt helemaal niets, hè.

'Is hij er ook vanavond?'

'Oh, die kans is groot. Iedere zichzelf respecterende tv-ster loopt hier meestal wel rond.' Stef smeerde een verse laag lipgloss op haar lippen en vervolgde: 'Eigenlijk hoor jij hier helemaal thuis. Jij bent tenslotte ook een bekend persoon. Ja, toch?' Stef lachte hard en stootte Jill speels aan. Ze wist niet goed of ze de opmerking van Stef wel zo grappig vond.

Een paar minuten later kwam Simone eraan, arm in arm met een blonde god. Zijn warrige blonde lokken vielen nonchalant om zijn brede kaaklijn. Zijn bovenlichaam was mooi breed, zonder meteen te denken dat hij iedere morgen bij het ontbijt een spierversterkende eiwitshake dronk. Neil, zo heette hij, en hij was een goede vriend van Simone en Stefanie. Neil was bij hetzelfde modellenbureau ingeschreven als Stefanie en ze kwamen elkaar vaak tegen tijdens modeshows en de bijbehorende afterparty's. Zodoende waren ze vrienden geworden. Na een beleefd voorstelrondje liepen ze dan eindelijk de club in. 'De rest zit al binnen aan onze vaste tafel', riep Neil luid.

De *doorbitch* van de club gaf Jill een hand. Jill vond het zo'n vreemd idee, een doorbitch. Bij hen in het dorp hadden ze alleen brede uitsmijters die af en toe iemand tegenhielden omdat die persoon te dronken was of zo. Hier werd je niet binnengelaten als je niet aan de visuele normen voldeed. Hoezo elitair? Hij opende het rode koord en begroette Jill enthousiast. 'Welkom bij de club! Je bent altijd welkom, dat weet je.' Jill lachte schaapachtig terug.

Binnen galmde Beyoncé door de speakers. Jill verwachtte
dat een club als Repeat een wereldberoemde dj had die
housedeuntjes draaide, maar dat was niet het geval. De
groep vrienden liep meteen door naar achteren, naar hun
vaste stekkie. De lage witte tafel waar ze naartoe liepen stond
in een hoek en stond vol met flessen roséwijn, wodka en
champagne. Er zaten al zeker acht mensen op de lounge-
banken rond de tafel en twee meisjes in korte franjejurkjes
dansten vrolijk mee op het ritme van de muziek. *'If you like it
then you should have put a ring on it'*, zongen ze mee, waarbij
ze hun vingers lieten wapperen in de richting van een groepje
jongens.

'Lieve mensen, dit is Jill', riep Simone naar de groep.

'Hé, Jill', klonk het in koor en twintig ogen bekeken haar van
top tot teen. Verlegen zwaaide Jill terug.

'Champagne?' vroeg het meisje naast haar en ze schonk
zonder op een antwoord te wachten een glas vol. 'Hier,
alsjeblieft. Proost, op je eerste avond in Repeat!' Jills glas
tikte tegen dat van het roodharige meisje naast haar. 'En ik
kan je nu al verzekeren: dit is ook zeker niet je laatste avond!'
Vivian, zo heette het roodharige meisje, had gelijk. Repeat
was voor herhaling vatbaar. Jill had de avond van haar leven.
De mensen waren allemaal zo aardig. Er werd gelachen,
gedanst en vooral veel gedronken. De sfeer was ontspannen
en licht euforisch.

'Heerlijk, hè, hier', gilde Simone hard in Jills linkeroor om
boven de tonen van Lilly Allens 'Fuck You' uit te komen.
Jill antwoordde met een grote, oprechte glimlach. 'Ik heb me
al lang niet meer zo goed gevoeld. Al kan dat ook door de
drank komen, hoor.' Een aangeschoten giechel ontsnapte uit
haar mond. De flessen op tafel werden alsmaar aangevuld.

Wie ze betaalde, wist Jill eigenlijk niet, maar zelf had ze nog geen euro hoeven neer te leggen. Plots draaide Simone zich verschrikt om en staarde ze in de richting van de dj-tafel. Automatisch gleed Jills blik dezelfde kant op. Aan een tafeltje, schuin achter de dj, zat David Senders. De bekende sportpresentator, maar ook de ex van Simone.

'Zie je hem daar?' fluisterde Simone in het oor van Jill.

'Ik heb het gehoord', antwoordde Jill discreet zonder haar blik af te wenden van de knappe, maar o zo achterbakse David.

'Dàt heeft Stef je zeker ingefluisterd, hè? Dacht ik het niet. Ze vindt het maar een al te mooi verhaal. Nou, bekende mannen, *my ass*! Het zijn allemaal aandachtgeile wezens, die langer voor de spiegel staan dan jijzelf.'

Jill proestte het uit. Het zat Simone duidelijk nog erg hoog.

'Joh, trek het je niet aan. Voor hem tienduizend anderen. Ja, toch?'

Simone sloeg haar glas wodka in één keer achterover, trok haar shirtje iets omlaag waardoor er net een beetje meer decolleté te zien was en gooide haar haren verleidelijk naar achteren.

'Precies!'

Jill had haar nieuwe vriendinnen op de dansvloer achtergelaten en liep roezig door de eindeloze gangen van Repeat naar de toiletten. De club had wel iets weg van een doolhof, alleen de groene struiken ontbraken. Wat was het toch een heerlijke avond, zuchtte Jill opnieuw toen ze zo alleen door de club dwaalde. Ze moest Amber, Britt en Jansje hier ook echt eens mee naartoe nemen. Dit was zo anders dan de bierhut bij hen in het dorp. Hier hadden de mensen klasse en stijl. Nou ja, soms op het ordinaire af, maar toch. En er liepen zelfs een paar bekende mensen rond. Wow, Britt zou echt een gat in de lucht springen als ze dit hoorde. Jill was zo in gedachten verzonken dat ze niet doorhad dat iemand van de andere kant de bocht om kwam lopen. Ze voelde een klap tegen haar hoofd.

'Auw!' schreeuwde ze van schrik. Ze wreef ze over haar voorhoofd. Toen keek ze op. De boosdoener bleek een man. Ook hij wreef over zijn voorhoofd, dat al ietwat rood gloeide. 'Sorry', zei hij. 'Ik zag je niet aankomen. Het spijt me.' Op dat moment keken ze elkaar aan. Jill schrok. De lichtbruine krullen tot vlak onder zijn oren, de ondeugende spleet tussen zijn tanden. En dan die ietwat ingevallen, mysterieuze ogen. Jill zag hem bijna iedere avond. Nou ja, vroeger dan. Een jaar geleden of zo. Ze was een grote fan van de dramaserie *Mannen komen van Mars* en hij, de man die verantwoordelijk was voor de kopstoot, speelde een van de hoofdrollen. Het leek wel of ze elkaar minutenlang stilzwijgend aankeken, tot hij de stilte verbrak.

'Jill, is het niet?'

Haar nekharen gingen nu nog meer overeind staan. Hoe wist hij in hemelsnaam wie ze was? Ze kende hem dan wel, maar ze had hem nog nooit ontmoet.

'Eh, ja. Dat klopt', stamelde ze wat onwennig. Ze keek verbaasd. 'Hoe weet jij dat?'

De man keek haar glimlachend aan. 'Jij bent de winnares van *Supermodel in de maak* als ik me niet vergis. Ik heb je zes weken lang op televisie kunnen volgen en daarna heb ik je toch zeker in een stuk of acht bladen voorbij zien komen.'

Shit, dacht Jill. Dat verrekte programma ook. Bekend zijn

was echt een raar fenomeen. Ze vergat zelf de hele tijd dat mensen haar zes weken lang hadden kunnen volgen op televisie en dus ook wisten hoe ze er 's morgens uitzag zonder make-up, hoe ze vloekte als iets niet lukte en hoe ze Wouter smekend had opgebeld toen ze, na iets te veel wijntjes, een scheve schaats had gereden. Dat laatste was misschien wel waar ze zich nog het meeste voor schaamde. Iedereen had kunnen zien wat voor een slappeling ze was. Deze man natuurlijk ook. Jill sloeg zich voor het hoofd. 'Stom! Ja, ik vergeet het de hele tijd. Ik vind het zo raar dat mensen me herkennen. Als ik op straat loop, word ik weleens aangestaard. Ik denk dan altijd: huh? Wat doe ik verkeerd? Is mijn broek gescheurd? Heb ik iets geks in mijn haar?'

De man moest lachen. 'Ik heb mezelf helemaal niet voorgesteld. Sorry. John is mijn naam, John van Vlught', en hij stak zijn gebruinde hand uit.

'Weet ik', grinnikte Jill. Dit moesten haar vriendinnen echt horen! Die werden gillend gek...

Nadat Jill alsnog snel naar de wc was gegaan, had hij haar uitgenodigd voor een drankje aan de bar. John was een van de bekendste acteurs die het land telde, en hij was een begeerlijke prooi voor de paparazzi. Al zijn relaties – allemaal in de categorie bekend, vermogend en blond – werden lang en breed uitgemeten in de pers. Ook niet geheel onbegrijpelijk, want hij bezocht ieder rodeloperfeestje. Daarbij was het ook een aantrekkelijke vent om te zien, net als zijn vriendinnen, dus dat maakte hen vaak tot een ideaal koppel voor alle roddeljournalisten. Jill vond hem ook wel wat hebben, al was hij niet haar type. Ze viel meer op de categorie blond en gespierd. John was donker, lang en vrij mager. Zijn kledingkeuze was ook altijd een beetje apart. Een beetje te artistiek met felgekleurde broeken, bonte shawls en laag uitgesneden shirts waar zijn borsthaar bovenuit piekte. Zo ook vanavond.

'Is dit je eerste keer in Repeat?' vroeg John nadat hij haar een wodka-lime had gegeven.

Jill knikte en nam een slokje van haar drankje.

'Dat dacht ik al', zei hij. 'Ik heb je hier ook nog niet vaker gezien. Normaal gesproken ken ik iedereen wel zo'n beetje van gezicht hier. Altijd het vaste groepje mensen, je kent het wel.'

Weer knikte Jill. 'Ja, dat hoorde ik al van Simone. Ken je haar ook?'

'Simone, Simone...' John dacht even diep na en zei toen: 'Heeft zij niet een tijdje gelopen met die David? Wat een eikel is dat!'

Jill moest lachen. 'Ah, hij heeft dus een reputatie.'

'En wat voor één', reageerde John. 'Vrouwen vallen met bosjes voor hem. Maar de kortstondige romances eindigen altijd met een gebroken hart. En dat is gek genoeg nooit het zijne.'

'En jij?' vroeg Jill brutaal. 'Ik wil niet lullig zijn, maar ik zie jou ook regelmatig met een andere vrouw op de rode loper verschijnen.' Eigenlijk wilde ze dat niet zeggen, maar het floepte er zo uit. Shit, kwam het ineens in haar op, nu dacht hij zeker dat ze zo'n type was dat iedere week alle roddel-bladen verslond en ook nog eens ieder woord geloofde dat de roddeljournalisten neerpenden.

De ogen van John fonkelden. Hij lachte, gelukkig.

'Aha, een koekje van eigen deeg. Jij neemt ook geen blad voor de mond, Jill.'

'Sorry', verontschuldigde Jill zich.

'Nee, joh, geeft niet. Ik doe het toch zelf.'

'Dat is waar, maar ik kan me voorstellen dat je er af en toe weleens moe van wordt.'

John haalde zijn schouders op. 'Tja, wat kan ik ervan zeggen? Ik geniet van het leven en hou van mooie vrouwen. Maar het is niet zo erg als de roddelbladen doen voorkomen, hoor. Soms is het ook gewoon een goede vriendin of een nichtje dat ik meesleep naar een première. En dan schrijven ze weer dat ik een nieuwe vriendin heb, zonder het aan me te vragen. Wat doe je eraan, hè?'

'Ik zou het niet leuk vinden', antwoordde Jill. 'Dat is toch je privéleven. Dat gaat ze toch niets aan?'

Weer lachte John. 'Meisje, jij moet nog veel leren. Natuurlijk, het is echt niet altijd leuk als je met liefdesverdriet op de bank ligt en ze je in *Achterklap* voor van alles en nog wat uitmaken, maar aan de andere kant is het ook een spel dat je mee moet spelen. Als ze niets meer over je schrijven, is het ook niet goed. Dan ben je uitgerangeerd en willen de film- en tv-producers je ook niet meer hebben. Dan zit je werkloos thuis.'

Jill nam nog maar een slok van haar wodka-lime, die verrassend snel op raakte. 'Juist', reageerde ze niet helemaal overtuigd. 'Jij zult het wel weten. Ik kom tenslotte nog maar net kijken.'

'Groentje', grapte hij. Hij gaf haar een speelse por in haar zij.

'Dat meen je niet? Hoe stoer is dat!' Britt reageerde precies zoals Jill had verwacht. 'Jongens, moet je horen met wie Jill gisteren heeft staan praten!' Er klonk geroezemoes op de achtergrond. 'John van Vlught!'

Ze hoorde Jansje gillen. Dat meen je niet! *You go girl*', schreeuwde ze in de richting van de telefoon.

'John?' hoorde ze Amber herhalen in de verte. 'Die acteur? Die is toch homo?'

'Wat?' schreeuwde Britt vervolgens verbaasd. 'Nee, man, John is geen homo! Hoe kom je daar nou weer bij? Hij had vorig jaar nog iets met die ene actrice, je weet wel, die rode.'

Het kon Amber niet zoveel schelen, zo te horen. 'Oh, nou ja, dat zal dan wel. Ik vond hem er altijd een beetje gay uitzien. Ik heb ook geen verstand van al die dingen. Allemaal onzin.'

Amber greep de telefoon uit de handen van Britt. 'Laat mij eens met Jill praten.Hé, Jill, hoe is het daar, man? Ik mis je!'

Jill verstond Amber nu eindelijk luid en duidelijk. God, wat miste ze haar vriendinnen! Ze hadden zo te horen zoveel lol met elkaar, en Jill zat voor haar gevoel ergens in Verweggistan. En ook nog eens helemaal alleen in huis, want Ashita was bij vage Gert en Simone ging vandaag een dagje naar haar oma met haar ouders.

'Ik mis jullie ook.' Ze voelde een kleine brok in haar keel. 'Dit is de eerste zondag waarop we niet met z'n vieren zijn. Nou ja, op vakanties en kerst en Pasen en zo na dan', jammerde ze door de telefoon.

'Dat zeiden wij net ook al', jammerde Amber terug. 'Maar het is voor een goed doel, Jill. Je bent potverdomme wel het beste topmodel van het land, ja!'

'Jaaaaah, Jill aan de top!' hoorde ze de andere twee op de achtergrond schreeuwen. Jill grinnikte. Wat had ze ook een stel heerlijk maffe vriendinnen!

'Hoe is het met Wouter?' vroeg Amber vervolgens.

'We kwamen hem gisteren nog tegen in het dorp met zijn vrienden. Hij zei dat hij je snel wilde komen opzoeken in je nieuwe huis. Wanneer mogen wij eigenlijk komen?'

'Ja, snel! Heel snel! Kom anders in de kerstvakantie of zo. Dan heb ik ook veel vrije tijd. Ik ben nu ook zo druk met school. We moeten volgende week echt een gigantisch project voor Engels inleveren. Ik moet allemaal boeken lezen, maar het schiet echt niet op. Of ik ben moe van het werk of van het stappen. En als ik een keer lekker thuis op de bank zit, dan is het weer veel te gezellig met Simone en is het zo weer twaalf uur en dan heb ik nog niets gedaan. Maar goed, als jullie nou in de kerstvakantie komen, dan reis ik daarna samen met jullie mee terug naar huis om kerst te vieren bij mijn ouders.'

'Cool plan. Weet je al wanneer Wouter komt?'

'Nee, die had ik net aan de telefoon, maar hij moest nog even kijken wanneer hij vrij was van voetbal. Mannen, je kent het wel. Altijd maar op dat stomme sportveld in de weer.'

'Zeg, had je vandaag geen klus?' veranderde Jansje van onderwerp.

'Ja', antwoordde Jill. 'Dat was niet zo moeilijk, hoor. Het was voor een reclamefilmpje van NET10 dat ze straks rond kerst uitzenden. Ik moest alleen maar zeggen: "Ik wens alle kijkers van NET10 een heel fijn en modieus kerstfeest." Nogal suf, haha. Weet je wie ik trouwens wel zag? Die gasten van die comedyshow. Waar jij zo fan van bent, Amber. Aardige mannen wel. Die gingen na mij hun kerstboodschap inspreken. Echt, wat een stelletje droogkloten zijn dat.'

Haar vriendinnen praatten haar nog twintig minuten lang bij over alle nieuwe roddels uit het dorp en toen hingen ze op. Ze gingen friet speciaal halen bij de snackbar. Een vast ritueel van de groep vriendinnen. Jill kreeg opeens ook vreselijk veel zin in een dikke vette zak patat met een grote klodder mayonaise. Friet was eigenlijk zwaar verboden volgens de belachelijk gezonde eetregels van Jennifer, maar daar had Jill vandaag echt even genoeg van. Ze liep, zich bewust van haar ondeugende daad, linea recta naar de eerste de beste snackbar om de hoek. Marilyn Monroe mocht dan wel zingen dat *diamonds a girl's best friend* waren, maar dan had ze zeker nog nooit van fastfood gehoord.

# 9

Het had flink gesneeuwd en de straten kleurden wit. De
eerste sneeuw van het jaar. De stad was nu al zeker tien
dagen in de ban van kerst en er heerste een feestelijke
stemming in de stad, ondanks de snijdende kou. Langs de
grachten was kerstverlichting gespannen die de stad in een
gouden gloed hulde. Jill keek uit het raam en zag mensen
met snowboots en Uggs de gladde wegen trotseren. Over
twaalf dagen was het 25 december, eerste kerstdag, en
vandaag was Jills laatste dag op school voordat de kerstvakantie begon. Eigenlijk was de school nog een week open,
maar één tentamen mocht ze nog niet maken omdat ze nog
niet alle opdrachten had ingeleverd. Dat kon ze dus pas na de
vakantie herkansen. Half gapend liep ze de deur uit, op weg
naar school. Ze kon zich er eigenlijk niet meer toe zetten,
maar ze moest nog even een paar uurtjes bikkelen. En dan
vanavond... oooh, vanavond zou Wouter komen. Ze keek er
zo ontzettend naar uit. Ze had speciaal voor hem een nieuwe
jurk gekocht. En ze was daarna ook nog even stiekem de veel
te dure lingeriespeciaalzaak binnengerend om een nieuw
setje ondergoed aan te schaffen. Tachtig euro had ze ervoor
moeten neertellen, maar dan had ze ook wat. Het setje

was gemaakt van prachtig zwart kant, met aan de zijkant roze zijden strikjes. Normaal kocht ze niet snel zulke dure cadeautjes voor zichzelf (en een klein beetje voor Wouter natuurlijk), maar ze had in de maand december al flink wat geld verdiend met een aantal modellenklussen. Ja, als ze er zo eens over nadacht, ging haar nieuwe job behoorlijk goed. Ze verdiende zo 500 euro op een dag met een beetje lief lachen in de camera. En als het een commerciële klus betrof, liep het al snel op tot een bedrag met vier nullen. Halleluja! Natuurlijk werd niet alles op haar rekening gestort. Jennifer kreeg ook een groot deel en een deel ging naar een spaarrekening die haar ouders voor haar beheerden.

De uren op school tikten langzaam weg. Het leek wel of de wijzers op de klok werden voortgeduwd door een slak. Maar toen om vier uur dan eindelijk de schoolbel rinkelde, kon Jill haar geluk niet op. Ze had twee weken vakantie. Heerlijk, nietsdoen. Haar vriendinnen kwamen vlak voor kerst logeren, ze zou haar ouders en broertje weer zien en ze hoefde in de twee weken kerstvakantie maar één dag te werken voor Jennifer. De werkzaamheden voor NET10 lagen een beetje stil, dus het leven voor de komende weken zag er heerlijk relaxed uit.

Jill snelde naar huis en sprong meteen onder de douche. Een uur lang was ze met zichzelf in de weer. Scrubben, een maskertje in haar haren, en niet te vergeten scheren. Toen ze klaar was in de badkamer, pakte ze haar nieuwe setje – dat verpakt zat in bordeauxrood vloeipapier met een grote zwarte strik eromheen – en trok het aan. Ze bekeek zichzelf in de spiegel.

' Jill, je ziet eruit om op te eten', gromde ze tegen haar spiegelbeeld.

Beneden hoorde Jill dat de deur werd opengegooid. 'Joehoee, ik ben thuis!' Ashita kwam naar boven gestormd en bekeek Jill aandachtig van top tot teen. Ze floot. 'Zo, jij hebt heel wat plannen voor vanavond, zeg.'

Jill voelde zich een beetje ongemakkelijk worden. Ze vond Ashita niet meer zo gestoord als eerst, maar ze kreeg nog steeds niet helemaal hoogte van haar. Ze had zo haar buien. De ene keer deed ze poeslief en was ze broodnuchter en het volgende moment liep ze door het huis als een zombie. Gert alias mister vaaghoofd was nog steeds haar vriend, maar kwam steeds minder vaak bij hen over de vloer gelukkig. Jill ging er stiekem van uit dat hun relatie niet meer zo goed was, maar Ashita liet er niets over los, dus Jill liet haar maar met rust.

'Waar neem je Wouter mee naartoe vanavond?' vroeg ze terwijl ze tussen de cd's van Jill rommelde. Bij het zien van de grijsgedraaide Spice Girls-cd trok ze een smerig gezicht.

'Ik hoorde van Simoon dat er twee weken geleden een nieuw restaurant is geopend. De *ELLE* schijnt het al uitgeroepen te hebben tot nieuwste *place to be seen* van de stad.' Bij nader inzien misschien niet echt iets waar Wouter warm voor zou lopen, dus dat detail liet Jill voor de zekerheid maar achterwege. Ze hadden er naar horen zeggen ook goede biefstukken – iets waar Wouter wel van hield.

'Oh, die tent, ja', reageerde Ashita afwezig. 'Wel oké, als je van elitaire modepoezen houdt.'

Typisch Ashita om zo'n onbedoelde sneer uit te delen. 'Ach, dat zal toch wel meevallen. Simoon en ik zijn toch ook niet van die elitaire modepoezen?'

'Jullie? Nee, joh! Hoe kom je erbij?' Zonder nog om te kijken liep Ashita grinnikend Jills kamer uit.

De little black dress die Jill speciaal voor vanavond uit de kast had getrokken was misschien een tikkeltje aan de koude kant – het vroor tenslotte – maar stond wel waanzinnig op haar ranke lijf. Het jurkje was net kort genoeg om met haar lange, slanke benen te pronken maar zonder dat het meteen 'slet' uitstraalde. Het strakke bovenlijfje had een push-upeffect waardoor haar kleine borsten een cupmaat voller leken – dank God voor de push-up, halleluja! Ze keek voor de tweede keer die dag bewonderend naar zichzelf in de spiegel. Als Wouter haar nu nog kon weerstaan... Oké, voor die hoge hakken liep hij misschien nog niet helemaal warm, hij bleef het ondingen vinden, maar de hoge wreef en mooie stilettohak deden de spieren in haar kuiten extra mooi uitkomen. Vooral als straks het warme restaurantlicht erop zou schijnen.

Na een laatste check in de spiegel liep Jill naar beneden. Haar maag rommelde luid. Ze had honger, maar voelde tegelijkertijd ook de zenuwen door haar lichaam gieren. Alsof ze Wouter voor het eerst zou gaan ontmoeten, of hem na een jaar eindelijk weer zou zien. Het was nog maar een kleine twee weken geleden, maar alla, de liefde deed gekke dingen met je.

Ashita was aan de keukentafel bezig met het lakken van haar tenen. Pimpelpaars met witte bloemetjes, of althans, witte onduidelijke stippen die voor bloemetjes moesten doorgaan. Naast de potjes nagellak en een chemisch roze fles nagellakremover stond een fles witte wijn.

'Ook een glaasje?' vroeg Ashita aan haar huisgenote zonder op te kijken.

Jill keek op haar horloge. Hmm, halfzes. Wouter zou er rond zes uur wel ongeveer zijn.

'Eén glaasje dan, maar niet te vol, hoor!' Mmm, die koude wijn smaakte haar goed zo aan het einde van de middag. Het nam ook een beetje van dat vervelende zenuwachtige gevoel weg.

'Je ziet er mooi uit, erg chic.'

'Oh, dank je', antwoordde Jill terwijl ze naar haar diepe decolleté keek. Wat een beetje push-up toch al niet kon doen! Ashita was duidelijk in een goede bui. Normaal was ze namelijk niet zo van de complimentjes.

'Wat ga jij vanavond doen? Nog spannende plannen?' vroeg Jill terwijl ze het laatste restje wijn uit het glas opdronk.

'Ik ga maar weer eens een keer naar Repeat', zei ze zo nonchalant mogelijk.

'Repeat? Weet je het zeker? Daar vond je toch niets meer aan?'

'Ach', Ashita haalde onverschillig haar schouders op. 'Je weet wel, soms moet je je gezicht weer even laten zien. Een beetje netwerken misschien.'

Jill keek haar verbaasd aan. 'Netwerken... jij?'

'Nou, zo gek is dat toch niet?'

'En Gert? Gaat hij ook mee?'

Ashita schudde haar hoofd. 'Nee, die heb ik maandag gezegd dat ik klaar met hem was.'

'Oh?' reageerde Jill meelevend. 'Zomaar ineens?'

Ashita was klaar met haar nagels en draaide het potje weer dicht. 'Ja, zomaar.'

Wouter vond haar prachtig! Dat zag Jill aan zijn ogen toen ze de deur opendeed. Met een bosje rode rozen – zo romantisch! Hij had haar echt gemist. En zij hem ook.

In de taxi onderweg naar het restaurant had hij de hele tijd haar hand vastgehouden en Jill glimlachte van oor tot oor. Misschien was hij dan wel haar eerste jeugdliefde, maar het zou Jill niets verbazen als ze later met hem voor het altaar zou staan. Ze had zelfs al een jurk in gedachten. Wit, met een kanten korset en een heel lange sleep die haar vriendinnen dan zouden vasthouden.

'Hier moet het zijn', zei Jill toen ze voor de ingang van het restaurant stonden.

Wouter keek op. 'Wow, dat ziet eruit als een heel chique tent. Vandaar dat je jezelf in zo'n mooie jurk hebt gehesen.'

Een beetje ongemakkelijk keek Jill naar Wouter. Hij had een spijkerbroek aan en een grijze wollen trui. Gelukkig had hij zijn sneakers vlak voor hij vertrok nog omgeruild voor een paar zwarte schoenen, anders zou hij waarschijnlijk niet eens binnen zijn gekomen, bedacht Jill. Maar goed, Wouter hield gewoon niet zo van dat pocherige, dus ze begreep zijn kledingkeuze wel.

'Jill, hier!' Achter haar hoorde ze een onbekende man haar naam schreeuwen. Verbaasd draaide ze zich om. Een felle flits verblindde haar een paar seconden.

'Zit die vent nou gewoon een foto van je te maken?'

'Blijkbaar', mompelde Jill verbouwereerd.

De man kwam op haar afgelopen. 'Zou je even voor mij kunnen poseren, moppie?' vroeg hij.

De blik op Wouters gezicht stond op onweer. Hij sprong tussen de man en Jill in. 'Zeg, het is toch niet normaal dat jij zomaar ongevraagd een foto van mijn vriendin maakt', reageerde hij stoer. 'Waarvoor is dat eigenlijk?'

De man lachte. 'Zeg, ventje, dat is mijn werk, ja. Ik ben papa-razzifotograaf.' Hij haalde een verfrommeld visitekaartje uit de borstzak van zijn jas. Wouter bekeek het aandachtig. Het logo van *Achterklap* prijkte op de voorkant. De man richtte zich tot Jill, die zich tot nu toe stil had gehouden. 'Ik ben in dienst van *Achterklap*. Ik maak foto's van alle bekende koppies die het restaurant bezoeken. Dat vind je toch niet erg, mop?' Weer dat woord: moppie. Alsof hij haar al jaren kende. Zo denigrerend vond Jill dat.

'Je bent toch model? Dan kun je toch wel even leuk voor me poseren?' Jill wist zich geen houding te geven. Sinds ze in de hoofdstad woonde had ze dit soort dingen eigenlijk nog helemaal niet meegemaakt. Ze werd weleens aangesproken op straat, maar niemand had haar nog om een handtekening gevraagd en er stonden ook geen fotografen met telelens voor haar huis te wachten.

'Nou, lach eens even leuk naar mijn camera.' Wat onwennig nam Jill haar vaste pose aan. Met het ene been voor het andere en haar armen langs haar lichaam. Ze glimlachte als een boer met kiespijn.

Wouter keek haar aan alsof ze niet goed wijs was. Dit tafereel was volledig nieuw voor hem.

Sorry, gebaarde Jill naar haar vriendje, dat erbij stond als een volslagen idioot, terwijl de fotograaf er lustig op los klikte.

'Mag mijn vriend er ook op?' vroeg Jill terwijl ze Wouter naar zich toe trok.

De fotograaf fronste zijn wenkbrauwen, maar schoot nog wel een stuk of wat foto's. Tot de volgende taxi verscheen die zijn aandacht trok. Daar stapte een lange, oudere man uit met glanzend zilveren haar. Aan zijn zijde liep een veel jongere vrouw in een lange avondjurk. Het gezicht van de man kwam Jill bekend voor. Zonder 'bedankt' of 'doei' te zeggen, beende de fotograaf naar het opvallende koppel. Hij riep de man, die onmiddellijk zijn onvervalste glimlach opzette. De jonge vrouw aan zijn zijde deed precies hetzelfde. Ze waren het duidelijk gewend om gefotografeerd te worden. Wouter schudde vol verbijstering zijn hoofd. 'Waar heb je me mee naartoe genomen, Jill?' vroeg hij. Jill voelde zich nu al schuldig. 'Sorry, ik wist niet dat dit zo'n tent was. Maar blijkbaar valt dit toch in de categorie zien en gezien worden. Het spijt me.' Wouter perste een klein lachje op zijn lippen en kuste haar op haar wang. 'Geeft niet', fluisterde hij. 'Als de biefstukken hier maar lekker zijn.'

Binnen leek het wel een veemarkt. En niet vanwege de biefstukken en andere vlezige delicatessen op de kaart. Het was één grote keuring waarbij iedereen elkaar van tot top teen scande. Op iedereen werd een sticker geplakt. Rijk en vastgoedhandelaar. Vergane glorie en ex-soapie, verwende erfgename, goed betaald model, bekend van televisie. Zo kreeg iedereen een stempel opgedrukt. Voelde Wouter zich buiten al ongemakkelijk, eenmaal binnen kreeg hij het helemaal Spaans benauwd. Hij was een nono, een stickerloos figuur. Hij was het niet-chique vriendje van een nieuw topmodel dat mee had gedaan aan een succesvolle televisie- serie en nu tot de categorie tv-personality behoorde. Al zag Jill zichzelf zo helemaal niet.

Jill en Wouter praatten wat over koetjes en kalfjes en keken af en toe ongemakkelijk het restaurant rond. Er hing geen gezellige sfeer zoals bij de eettentjes in hun dorp waar ze regelmatig samen zaten. Daar klonk altijd een vrolijk geroezemoes met lachende mensen, en lege bierflesjes die op tafel werden gezet. Hier hoorde je alleen het inschenken van de dure glazen wijn, de ingetogen conversaties van rijke zakenmensen en af en toe klonk een hysterische lach van een strak gespoten gezelschapsdame. Zo'n hoogblonde vrouw die weinig te bieden had, behalve een paar eindeloos lange benen, pronte borsten en te veel Chanel No.5.

Het hoofdgerecht werd op tafel gezet.

'Eet smakelijk', zei Jill.

'Dank je, jij ook', antwoordde Wouter, die zijn mes al in zijn malse biefstuk had gezet.

'Mmm, lekker dit.'

'Ja, dit ook.' Jill wees met haar vork naar haar kabeljauwfilet. Wat ongemakkelijk praatten ze in korte, nietszeggende zinnen over het eten. Ze voelde rode vlekken in haar nek opkomen. Alleen mensen die niets met elkaar te bespreken hadden, vulden de stilte met gepraat over het eten.

De ober die bij hun tafeltje kwam staan, onderbrak de pijnlijke stilte, die nu al zeker vijf minuten duurde. 'U bent mevrouw Van den Broek?' vroeg de ober met een onbewogen gezicht aan Jill.

'Eh, ja, dat ben ik', stamelde Jill verrast. Wat klonk dat oud zeg: mevrouw Van den Broek. Alsof ze zeker dertig jaar ouder was dan de ober, terwijl het juist andersom was, zo schatte Jill.

'Deze krijgt u van die meneer daar.' De ober zette een fles champagne op tafel en wees naar een tafeltje links achter hen in de hoek.

Jill keek achterom en zag een jongen met donker haar zwaaien.

Wouter zag hem ook en keek vragend naar Jill.

'Wie is dat?' fluisterde hij.

Jill voelde dat ze het een beetje warm kreeg.

Een ongemakkelijk gevoel bekroop haar. Daar zat John. Dé John die heel het land kende. En hij trakteerde haar op een fles champagne. Verlegen zwaaide ze terug en ze draaide zich weer om naar Wouter.

'Dat is John', zei ze zo neutraal mogelijk. 'Misschien ken je hem wel. Hij speelt in die serie *Mannen komen van Mars*. Hij is vrij bekend.'

Wouter wist vrij weinig van de showbizz, maar bij de naam John ging er wel een belletje rinkelen. 'John van Vlught?' vroeg hij verbaasd en zijn ogen werden zo groot als schoteltjes. Jill knikte.

'Nou, vrij bekend is dan nog zacht uitgedrukt. Iedereen kent die vent! Shit, man, mijn zus is smoorverliefd op hem.' Hij keek weer naar John, die nog altijd met een vriendelijke glimlach hun kant op keek, en richtte zijn blik toen weer op zijn vriendin.

'Maar waar ken je hem van? En hoezo kent hij jou?' Wouter was duidelijk van zijn à propos en Jill vond zijn reactie stiekem best schattig. Ze had haar vriendinnen dan wel in geuren en kleuren haar ontmoeting met John in Repeat uit de doeken gedaan, maar Wouter had ze er niets over verteld. Waarom zou ze? Hij zou alleen maar gekke dingen in zijn hoofd halen. Ook al zou ze honderd keer zeggen dat er verder niets was gebeurd. Alleen een onschuldig drankje aan de bar, meer niet. Ze vond hem niet eens woest aantrekkelijk zoals de helft van de vrouwelijke bevolking.

'Oh, ik ben hem twee weken geleden tegengekomen in een club hier in de stad. Hij botste tegen mij op in de gang toen ik naar de wc liep en bood me een drankje aan om het goed te maken', zei ze zo onverschillig mogelijk.

'Ach zo', reageerde Wouter. 'En waarom heb je daar niets over gezegd?'

Jill haalde haar schouders op. 'Ach, waarom wel? Zo bijzonder was het nou ook weer niet. Gewoon een aardige vent.'

'Ja, ja', zei Wouter en hij nam een grote hap van zijn biefstuk.

'Glaasje champagne dan maar?' probeerde Jill om de gespannen sfeer te verbreken. Zonder op antwoord te wachten schonk ze twee glazen vol en overhandigde er eentje aan Wouter. 'Proost', zei ze. 'Op een leuk weekend samen.' 'Ja, proost', zei Wouter met een volle mond.

Jill zat al twintig minuten te wiebelen op haar stoel. Ze moest supernodig naar de wc, maar stelde het zo lang mogelijk uit. Op weg naar de wc moest ze namelijk langs de tafel van John en het leek haar niet zo slim om nu uren met hem te gaan staan praten. De sfeer tussen haar en Wouter was al een beetje vreemd. Maar ze kon het nu echt niet meer ophouden en ze kon het restaurant natuurlijk ook niet verlaten zonder John te bedanken voor de fles champagne, die nog steeds bijna helemaal vol op tafel stond. Wouter vond champagne maar vieze, bittere bubbeltjeswijn. En van wijn hield hij ook niet.

'Ik ga even naar de wc', excuseerde Jill zich. Ze schoof haar stoel naar achteren en liep weg van hun tafel. Ze voelde Wouters ogen in haar rug prikken toen ze de tafel van John naderde. Hij stond al op om haar drie zoenen te geven. John was ditmaal gekleed in een wijd, wit hemd dat flink doorscheen. Om zijn nek hing losjes een shawl met paisleyprint. Of zoals Jill het ook weleens noemde: oudemannenpyjamaprint.

'Bedankt voor de champagne', zei Jill nadat ze hem begroet had. 'Dat had je niet hoeven te doen.'

'Ach, een kleinigheidje', wuifde hij haar bedankje weg.

'Nieuwe vrienden moet je koesteren, niet?'

Jill keek John lachend aan. Hij noemde haar nu al een vriendin. Typisch iets van dit wereldje. Eén drankje en je was meteen elkaars beste vriend. Totdat er iemand anders langskwam die interessanter was.

'Is dat je vriend waar je over vertelde?' John keek in de richting van Wouter, die zichtbaar geërgerd voor zich uit zat te staren.

Jill knikte. 'Ja, dat is Wouter. Hij is een weekendje op bezoek.'

'Ah', regeerde John goedkeurend. 'Leuke jongen, hoor.' Hij knipoogde naar haar.

'Dank je', stamelde Jill. 'Ik ga weer. Nogmaals bedankt voor de fles champagne en tot snel.' Ze draaide zich om en liep met een vreemd gevoel verder naar de wc. Dit was zo'n andere wereld dan ze kende van huis uit. Ze keek in de spiegel en moest plotseling lachen. Goh, wat was het leven als model toch een goede grap! Alleen jammer dat Wouter er de lol niet zo van inzag. Ze eindigden hun diner in stilte en terug in de taxi naar huis hield Wouter haar hand niet meer vast.

# 10

Gelukkig was de rest van het weekend wel leuk. Wouter was net de deur uit, toen Jennifer belde. ' Jill! Goed dat ik je te pakken krijg', kirde ze vrolijk door de telefoon. 'Ik heb leuk nieuws voor jou en Simone. Komen jullie vanmiddag even bij mij op kantoor langs?' Jennifer had duidelijk haast en wachtte niet op antwoord. 'Uurtje of drie graag. Ik zie jullie zo.' En ze had al weer opgehangen.

Jennifer was echt een lieve schat, een goedzak, maar soms vond Jill haar erg dominant. Jennifer ging er automatisch van uit dat zij en Simone wel zouden komen opdraven. Ze liep naar boven, waar Simone nog haar roes lag uit te slapen. Ze was gisteren op stap geweest met de vaste groep en Jill had haar pas om vijf uur horen thuiskomen. Ze klopte zachtjes op de deur.

'Simone, ben je wakker?' In de kamer hoorde ze Simone kreunen.

'Wat is er?'

'Mag ik binnenkomen?'

Weer een kreun. 'Hmmhmm. Ja, kom maar. Wat is er zo dringend dat je me ervoor moest wakker maken?' vroeg Simone terwijl ze zichzelf rechtop in bed hees.

'Jennifer belde net. Ze wil dat we vanmiddag bij haar op kantoor langskomen. Ze heeft leuk nieuws, zei ze.'

'Oh? En je weet niet wat het is?'

Jill schudde haar hoofd. 'Nee, ze had al opgehangen voordat ik haar ernaar kon vragen.'

Simone grinnikte. 'Typisch Jennifer!'

Om vijf over drie stormden ze het kantoor van Amazing Models binnen. 'Sorry dat we te laat zijn!' gilde Simone overdreven hard.

'Hallo, dames', begroette Jennifer hen. 'Ga zitten. Willen jullie wat drinken? Ik heb nog een lekker biologisch appelsapje in de koelkast staan.'

Toen ze zich alle drie geïnstalleerd hadden op de hoekbank, onthulde Jennifer eindelijk het leuke nieuws. Wat ook echt erg leuk zou zijn, als het niet rond Kerstmis plaatsvond.

'Dat kan ik niet, sorry', zei Jill resoluut. Jennifer had hen uitgenodigd voor een bijzonder snoepreisje naar Kaapstad.

'Mijn vriendinnen komen de 23ste bij mij en daarna gaan we samen naar huis. Ik wil graag met mijn familie kerst vieren als je het niet erg vindt.'

Simone keek haar huisgenote aan alsof ze gek was. 'Hallo! Kaapstad? Weet je hoe cool dat is? Pech voor mijn ouders, het is ieder jaar kerst. Ze kunnen het best een jaartje vieren zonder mij.'

Jennifer had hen zojuist verteld dat ze op 23 december met z'n drieën naar Zuid-Afrika zouden vliegen op uitnodiging van een steenrijke modekoning, zoals Jennifer Will Halsten omschreef. Hij was de eigenaar van drie luxe modeketens én een magazine in Zuid-Afrika, en hield traditiegetrouw ieder jaar op kerstavond een groot modespektakel waarbij

de crème de la crème van de modewereld werd ingevlogen.
Op kerstochtend werd er in zijn tuin een groot kerstontbijt
georganiseerd en 's avonds werd er een grote barbecue
gegeven op een van de stranden van Kaapstad, het
zogenaamde modellenstrand, wat blijkbaar echt bestond.
'Het spijt me echt, Jennifer. Het klinkt allemaal supercool,
maar ik mis mijn vrienden en familie best nu ik hier zit
en kerst is altijd heel bijzonder. En daarbij hebben mijn
vriendinnen en ik al allemaal plannen gemaakt voor die
avond dat ze hier blijven slapen. Ze hebben mijn nieuwe
huisje ook nog nooit gezien. Dat kan ik toch niet afzeggen?'
Jennifer knikte begrijpend. 'Ja, dat is ook niet leuk natuurlijk,
maar dit is wel een grote kans, Jill. Sterker nog: je kunt
eigenlijk geen nee zeggen. Will heeft speciaal naar jou
gevraagd.'
'Maar hij kent mij helemaal niet.'
'Nee, maar hij wil je graag leren kennen. Hij heeft gehoord
van *Supermodel in de maak* en is enthousiast over het
programma. Zelfs zo enthousiast, dat hij misschien wel
een soortgelijk programmaformat wil produceren. Hij
wist natuurlijk dat de winnares bij mijn modellenbureau
zat en zodoende vroeg hij naar jou.' Jill slikte even. 'Ik ga
bijna ieder jaar naar zijn feesten. Ik ken Will al heel lang,
van vroeger. Toen ik net begon met Amazing Models heeft
hij mij geholpen. Hij zorgde ervoor dat ik klussen kreeg
voor mijn modellen. Zonder hem zat ik waarschijnlijk nog
steeds driehoog op een zolderkamertje mijn kantoor te
runnen. Meestal vraagt hij of ik ook een paar modellen
wil meenemen, die dan ook meelopen in de modeshow op
kerstavond. Dit jaar vroeg hij specifiek naar jou.' Jennifer
haalde even adem en keek toen naar Simone. 'En omdat je

samenwoont met Simone en jullie het volgens mij wel goed met elkaar kunnen vinden leek het me wel leuk voor jou om Simone ook mee te vragen.'

Simone zat te wippen op de bank. 'Echt, onwijs bedankt, Jennifer. Ik vind het echt zo retecool. Ik heb altijd al eens naar Kaapstad gewild. Ik heb gehoord dat het daar echt helemaal geweldig is!' Simone leek wel een kind zo blij.

Jill kon er nog steeds niet om lachen. 'En als je nou Ashita of zo meeneemt? Dat kan toch ook?'

Jennifer schudde haar hoofd. 'Zie je het al voor je? Ashita die geen grenzen kent, meenemen naar zo'n prestigieus event? Echt, begrijp me niet verkeerd. Ashita is een lieve meid en ze kan mooie foto's maken, maar ze is wel onvoorspelbaar. Ik heb flink op mijn flikker gehad van de klant die haar had geboekt voor die klus aan de Côte d'Azur. Nee, met Ashita kijk ik voorlopig wel even uit. En daarbij: hij wil echt jou. Het spijt me, maar eigenlijk kun je geen nee zeggen. Will heeft veel aanzien en hij accepteert geen nee. Dat zou je carrière nog weleens in de weg kunnen zitten.'

Jill kon wel janken. Ze kon hier dus echt niet onderuit. Jennifer bleef gewoon net zo lang op haar inpraten tot ze overstag zou gaan en in de tussentijd had ze haar ook nog een schuldgevoel aangepraat. Lekker was dat.

Jennifer zag de benauwde blik van Jill en voelde zich ook een klein beetje schuldig. 'Lieverd, sorry, echt. Ik snap dat je je familie mist en dat het kerst is en zo, maar bedenk ook wat voor een fantastisch aanbod dit is. Je hebt nog nooit zo'n feest meegemaakt. Alles is tot in de puntjes verzorgd. Will kent geen grenzen en daarbij is het ook weleens leuk om in de zon te zitten met kerst. Even lekker weg van die vreselijke kou. Ja, toch?' Ze keek Simone aan toen ze dit zei.

Simone zat als een dolle te knikken.

'Oh', ging Jennifer op geheimzinnige toon verder. 'Had ik al gezegd dat jullie voor het meelopen in de show ook nog eens een flinke som geld krijgen?'

Simone kon zich niet meer inhouden en schreeuwde opgewonden hoe blij ze wel niet was.

Jill keek haar vriendin aan en moest stiekem toch wel een beetje lachen. Simones blijdschap werkte zo aanstekelijk dat Jill heel even voor zich zag hoe ze daar straks onder een palmboom kerst zou vieren. Met haar voeten in het zand en de zon op haar huid. Ze keek naar buiten, waar het mistroostig regende en zuchtte: 'Oké, ik doe het. Geef me dat ticket maar.'

# 11

Papa en mama waren op zijn zachtst gezegd niet blij. Niet dat ze het duidelijk lieten merken, nee, ze waren zogenaamd heel blij voor Jill dat ze zo'n mooie reis mocht maken. Maar Jill zag in hun ogen dat ze het niet leuk vonden dat hun 'kleine meid' niet samen met hen Kerstmis vierde. Typisch zo'n familiefeest waarbij ze eindelijk twee dagen lang samen waren. Samen eten (heel veel eten, eigenlijk de hele dag door), ouderwetse bordspellen spelen en niet te vergeten alle klassiekers kijken die met Kerstmis op televisie werden uitgezonden. *Home Alone* bijvoorbeeld, die bleef leuk, ook al hadden ze hem al een keer of twintig gezien. Maar dit jaar geen *Home Alone* voor Jill, maar zon, zee en strand. Oh ja, en heel veel mode. Het was niet één grote vakantie, er moest ook nog een beetje gewerkt worden.

Jills vriendinnen vonden het snoepreisje naar Kaapstad ook maar stom.

'Hoezo heb je ja gezegd? Je hebt toch wel tegen die Jennifer gezegd dat wij kwamen en dat dat al heel lang geleden was afgesproken?' had Amber door de telefoon gesnauwd. Waarna ze direct haar excuses aanbood. 'Sorry, zo bedoelde ik het niet. We hadden ons er gewoon heel erg op verheugd en nu gaat het alweer niet door.' Jill voelde een koude rilling over haar rug glijden toen Amber dat zei. Ze verwaarloosde haar vriendinnen toch niet?

'Hoezo alweer?' had Jill aangebrand gereageerd. 'Alsof ik elke week een afspraak afzeg.' Ze kon niet tegen kritiek van haar vriendinnen. Daar werd ze altijd zo prikkelbaar van.

'Nee, dat zeg ik ook niet', antwoordde Amber een stuk kalmer. 'Ik bedoel alleen dat we je de laatste tijd al zo weinig zien en als we je zien, ben je er maar heel even. We zouden eindelijk weer samen gaan stappen en zo. Bijpraten over alles. Je weet wel.'

Jill voelde een traan over haar wang biggelen toen Amber dat zei. Ze miste haar vriendinnen vreselijk en had steeds meer het gevoel dat hun band minder hecht werd. Hun vaste zondagavonddates waren nu vaak maar met z'n drietjes. Jill was er slechts twee keer in de maand bij. En dan moest ze ook nog eerder weg omdat ze nog helemaal met de trein naar haar nieuwe huis moest.

'Maar goed. Het is niet anders. Jij gaat naar Kaapstad, dat is ook echt heel cool. Echt waar!'

'Hmm', reageerde Jill een beetje vlak. 'Ja, dat is ook wel zo. Denk ik.'

'Nou, Jill! Doe niet zo gek! Ik zou een moord doen voor een paar daagjes zon met kerst! Als ik jou was, zette ik mijn vriendinnen ook eventjes aan de kant en sprong ik in dat vliegtuig . Dat snap ik echt wel, hoor. En Britt en Jans vast ook wel.'

Jill moest zachtjes lachen. Ambers stemming kom zo snel omslaan. Nu was ze opeens weer razend enthousiast. Al klonken de woorden 'vriendinnen aan de kant zetten' niet helemaal tof.

'Oké, oké', antwoordde ze. 'Het wordt vast wel gaaf, ja, dat denk ik ook wel. En mijn huis loopt niet weg, dus jullie kunnen gewoon volgende maand langskomen.'
'Precies', zei Amber. 'Oh, hé, sorry, Jill. Ik kan nog uren met je doorpraten, maar mijn moeder roept. Volgens mij zijn de meiden er. We gaan zo naar de bios. Lekker zwijmelen bij Johnny Depp.'
Jill voelde een pijnlijke steek. Was dat nou jaloezie? 'Oké, is goed. Doe die meiden een dikke kus van me en nogmaals sorry van ons weekendje.'
Toen ze ophing, sms'te ze Wouter. 'Ben je nog steeds boos over kerst? Sorry, lieverd, echt.'
Een minuut later piepte haar telefoon. 'Nee', was alles wat hij terugstuurde.

Haar koffer was ingepakt, al had dat wel wat voeten in de aarde gehad. In de winter je zomerspullen inpakken was raar. En wat moest je in vredesnaam aan naar een feest waar de hele modewereld zou verschijnen? Een flodderig bloemenjurkje van de H&M? Nee, dat kon echt niet! Simone had, ook al hing haar kast vol dure kleding, precies hetzelfde probleem. Dus schoten ze met z'n tweeën nog snel op de fiets richting de grote winkelstraat in de stad. Ze hadden nog precies drie kwartier voordat de winkels zouden sluiten. Uiteindelijk vonden ze allebei hun droomjurk. Wel een zeer kostbare droomjurk, maar het modellenwerk verdiende gelukkig redelijk en Jill kon zich het voor deze ene keer best veroorloven. Zowel Simone als Jill had voor een enkellange jurk gekozen. Die van Simone had een verfijnde bloemen-print, met brede banden aan de top met romantische ruches. Jill koos voor een effen jurk in zacht pastel.

De top was strapless en flink ingesnoerd in de taille.
Om halfelf 's avonds ritste Jill haar koffer eindelijk dicht.
'Ben je al klaar?' Jill liep de kamer van Simone in en schrok.
'Jezusmina! Is er een bom ontploft of zo?'
Grinnikend keek Simone op uit een berg kleren zo hoog
als de Mont Blanc. 'Ik wist niet zo goed wat ik mee moest
nemen. Hoeveel paar schoenen heb je eigenlijk mee?' Simone
ging door met het leegtrekken van haar kledingkast om
vervolgens alle afgekeurde kledingstukken weer ergens op de
grond van haar slaapkamer te gooien.
'Eh, één paar slippers, nette sandaaltjes met hak, een paar
pumps en mijn sneakers.'
'Maar vier paar?' gilde Simone verbaasd. 'Ik heb er nu al een
stuk of acht en ik moet mijn hakken nog inpakken.'
Jill lachte. 'Lieve Simoon, hoe lang denk je eigenlijk dat we
weggaan? We komen tweede kerstdag al weer terug, hoor.
Twee dagen reizen en twee dagen daar. Ik dacht dat ik al veel
mee had.'
Simone fronste. 'Ja, ik weet het. Ik maak het mezelf iedere
keer weer moeilijk. Oké, geef me een halfuurtje, dan ben ik
klaar.'
Jill knikte. 'Prima, dan zet ik even een kop thee. Ik zie je zo
beneden.'

Om halfzeven 's morgens belde de taxichauffeur aan. Shit, nu
was Ashita ook wakker. Simone stond nog in de badkamer
haar tanden te poetsen en kwam naar beneden gerend. 'Yes,
moeten we gaan?'
De taxichauffeur was al bezig met het inladen van de koffers
van de meiden. 'Sjonge jonge, gaan jullie emigreren of zo?'
mompelde hij toen hij de koffers in zijn achterbak legde.

'Joehoe, meiden! Hebben jullie er zin in?' Jennifer gooide de deur van de taxi open en begroette hen vrolijk. 'Vroeg, hè?' Jill gaapte. 'Erg vroeg, ja, ik lag net zo lekker te slapen.' Ze kon gisteravond de slaap maar niet vatten. Ze lag alleen maar te woelen en te denken. Ze was zenuwachtig voor de reis. Vliegen was niet haar favoriete bezigheid – een doodzonde als je model was – en ze vond het ook altijd een beetje vervelend als ze van tevoren niet wist wat ze kon verwachten. En ook het telefoongesprek met Amber spookte nog door haar hoofd. 'Het gaat alweer niet door. Alwéér niet.' Jill kon er toch ook niets aan doen dat ze opeens een heel ander leven leidde dan haar vriendinnen. Zij waren degenen geweest die haar hadden overgehaald om zich in te schrijven voor *Supermodel in de maak*. Als het aan Jill had gelegen, had ze zich helemaal niet opgegeven. Natuurlijk was ze wel blij dat haar vriendinnen haar gepusht hadden, anders was ze nu niet op weg naar Kaapstad en had ze niet zo'n spannend leven in de hoofdstad met allemaal leuke, nieuwe mensen en bekende acteurs. Ja, hallo, Jill kon wel doen of het haar koud liet, maar stiekem, héél stiekem vond ze het best wel een beetje stoer. En ook het modellenwereldje zelf beviel haar beter dan verwacht. Ze werd steeds beter, kende het spelletje onderhand en verdiende ook nog eens lekker. Dat was wel wat anders dan tompoezen verkopen op zaterdag voor een paar luttele euro's.

'Slaapkop, stap nou in. We moeten gaan.'

'Oh, sorry.' Jill stopte met peinzen en stapte snel de taxi in.

Om twee uur 's nachts lokale tijd arriveerden ze bij het hotel aan de ruige kust van Kaapstad. Het was al pikkedonker en Jill was kapot. Ze had niet veel geslapen in het vliegtuig.

Bij ieder hobbeltje en bij iedere zucht en kreun die het toestel uitkraamde, zat Jill recht overeind in haar stoel alsof het vliegtuig ieder moment een angstaanjagende vluchtduik kon nemen.

De man van het hotel wees hun de riante slaapkamers. Jennifer, Simone en Jill hadden alle drie hun eigen suite met kingsize bed. Heerlijk! Normaal gesproken zou Jill eerst het hotel hebben verkend, ieder hoekje wilde ze zien, maar ze was nu zo moe dat ze direct op bed plofte. Morgen zou ze wel genieten van het adembenemende uitzicht, het luxe interieur van het hotel en alle facilitaire mogelijkheden.

Jill werd wakker door zacht geklop op de deur. Ze rekte zich uit en keek op haar wekker. Acht uur. Ze gaapte. Ze had heerlijk diep geslapen vannacht. Weer geklop, nu iets harder. 'Binnen', geeuwde Jill. Ze trok haar dekbed iets hoger en kamde met haar hand door haar haren om zich een beetje te fatsoeneren.

Een kar boordevol met eten kwam de kamer binnengereden. *'Your breakfast, madam'*, zei de jongen achter de kar statig. Er verscheen een glimlach op het gezicht van Jill. Ontbijt op bed, wat heerlijk! De jongen reed de kar naast haar bed, en liet haar alleen achter in een kamer die zich vulde met de meest heerlijke geuren. Verse koffie, warme broodjes, en een groot boeket heerlijk geurende bloemen. Jill snoof een keer diep en las toen het kaartje dat aan de bloemen hing. *'Goodmorning Jill, Welcome at Kaapstap. I am looking forward to seeing you today. Enjoy breakfast! Best, Will Halsten.'* Jill glimlachte. Wat lief!Zouden Jennifer en Simone ook zo'n lekker ontbijt hebben gekregen? Jill schonk een kop koffie voor zichzelf in en zette haar tanden vervolgens in een heerlijk stuk verse ananas. Ze klopte haar kussen op en zette dat rechtop tegen de hoofdsteun van het bed. Langzaam zakte ze naar achteren. Ja, aan dit leventje kon ze wel wennen.

'*Look! You must be Jill.*' Een licht kalende man van ergens achter in de vijftig kwam op haar afgelopen. Hij pakte haar hand en kuste hem. Dat moest Will zijn, dat kon niet anders. 'Hallo, Will, bedankt voor de uitnodiging', zei Jill. De man had pretogen. Van die jongehondenogen.

'Heb je zin in vanavond? Het wordt een nog groter spektakel dan vorig jaar', blaaskaakte hij trots.

Jill glimlachte vriendelijk. 'Ik heb al van Jennifer vernomen dat uw jaarlijkse evenement een van de meest prestigieuze feesten is van de wereld. Dus ik voel me vereerd.'

De pretogen van Will straalden nu nog meer. Geef die man een compliment en zijn ego groeit waar je bij staat.

Ook Jennifer en Simone kwamen nu de lobby van het hotel binnengelopen. 'Will!' kirde Jennifer hard. 'Lieverd, hoe is het met je?' Ze gaf hem een dikke zoen op zijn wang. 'Je hebt mijn nieuwe ster al ontmoet zo te zien?' Jennifer keek trots in de richting van Jill.

'Ja, wat een prachtmeid', reageerde hij. 'Als dat uit zo'n programma kan rollen,' hij wees met zijn vinger naar Jill, 'dan begin ik morgen nog met de opnames.' Een bulderlach vulde de lobby. Simone stond er een beetje ongemakkelijk bij. Will had haar nog steeds niet opgemerkt en Jennifer had ook nog geen aanstalten gemaakt om haar voor te stellen. Het was al Jill wat de klok sloeg. Ze voelde zich zeer ongemakkelijk om zo overduidelijk het onderwerp van gesprek te zijn.

'Sorry', begon Simone zelf dan maar. 'Ik ben Simone.' Ze liep naar Will en gaf hem een stevige handdruk.

'Oh, sorry! Wat onbeleefd van mij! Simone, *what a beautiful name*.'

Na een kort bijpraatgesprekje tussen Will en Jennifer liep het viertal naar buiten. Will floot op zijn vingers en riep Henry. Een glimmende witte Landrover kwam hun kant op gereden. Will opende de deur en hielp de meiden instappen. 'Henry zal jullie naar de locatie rijden. Mijn assistente wacht daar op jullie. Zij weet precies wat er allemaal moet gebeuren. Met de repetitie en zo, *you know*.' Ze knikten braaf vanaf de achterbank. 'Ik moet vandaag nog allerlei dingen regelen, maar ik zie jullie vanavond. Succes en geniet!' Will sloeg de autodeur dicht en Henry trapte op het gaspedaal. Daar reden ze dan, een dag voor Kerstmis, langs de zonovergoten kust van Kaapstad.

# 12

Kerst vieren zonder familie bleek helemaal niet zo vervelend als gedacht. Sterker nog: Jill had nog nooit zo'n fantastische kerst meegemaakt (dat ging ze natuurlijk niet tegen haar ouders zeggen!). Het modespektakel van gisteravond was in één woord adembenemend. Nog nooit had Jill zoveel luxe gezien. De drankjes waren van de allerbeste kwaliteit, kaviaar en oesters werden aan de lopende band geserveerd en de dj, lieve hemel, die dj. Die draaide het dak eraf! Letterlijk, want de zaal was voor de helft een openluchtzaal. Met uitzicht op de sterren en het geluid van golven die stuksloegen op de rotsen op de achtergrond. De modeshow zelf was iets minder relaxed. Will Halsten was één bonk spanning en liep snauwend backstage. Een heel andere man dan ze die ochtend in het hotel had ontmoet. Misschien ook wel logisch, aangezien de zaal tot de nok toe gevuld was met toonaangevende modemensen. Na afloop, toen de show voorbij was en eigenlijk alles wel goed was gegaan, werd Will weer de joviale man die ze die morgen had gezien.
'Pffff, ik voel me net een walvis.' Simone stond op en rekte zich uit. 'Ik had vanmorgen die laatste muffin niet moeten eten. Nu kan ik de komende week weer op fruitdieet.'

Jill zette haar zonnebril af en keek tegen de zon in naar haar vriendin. 'Ik weet het. Dat ontbijt was echt niet te zuinig. Heb je de zelfgemaakte frambozenyoghurt met witte chocolade nog geproefd?' Alleen bij de gedachte liep het water haar al in de mond.

'Zie je dit?' Simone deed de grootste moeite om een rolletje buikvet vast te pakken. 'De frambozenyoghurt.' Ze deed hetzelfde bij haar bovenbeen. 'De croissant met roomboter.' Jill lachte. 'Heb je trouwens niet gemerkt dat wij een van de weinige modellen waren die calorieën naar binnen zaten te werken? Dat meisje uit Rusland met die blonde krullen heb ik de hele morgen zien knabbelen op een stukje ananas. Meer niet!'

'Ja, ik werd ook zo vies aangekeken door dat Amerikaanse model. Die donkere met die volle lippen. Echt, je had haar blik moeten zien toen ik een hap nam uit mijn muffin. Alsof ik koeienhersenen in mijn mond stopte of zo.'

'Ach,' geeuwde Jill lui, 'die meiden zijn zo obsessief met hun gewicht bezig. Dat is echt niet gezond. Alsof je van één muffin doodgaat. Ik bedoel, zolang je het niet iedere dag eet is er niets aan de hand toch? Ik kreeg laatst trouwens wel een preek van Jennifer. Dat ik toch echt wel beter op mijn voeding moest letten. En dat ik vaker van het sportschoolabonnement gebruik moest maken. Ze vond dat mijn billen een beetje slap en rond werden.'

Simone knikte herkennend. 'Je meent het! Ik heb ook zo'n preek gehad, ja. Nou, ik zag geen verschil. Volgens mij doet ze dat alleen om ons angst aan te jagen.'

'Kom, we gaan tennissen.' Jill stond op van haar strandbedje. 'Oké, sportieveling. Met jou in de buurt kun je ook niet even van je welverdiende rust genieten, hè.' Simone grinnikte,

raapte de tennisbatjes bij elkaar en rende richting de zee.
Jill rekte zich uit, bond haar blonde haren in een staart en
keek op haar telefoon hoe laat het was. 14.30 uur nog maar.
Ze hadden nog een hele middag vrij om kerst te vieren
aan het strand. Nee, hoe hard ze ook haar best deed, het
kerstbrood bij haar ouders thuis miste ze voor geen meter.

Op tweede kerstdag, precies tien minuten voor twaalf,
landden ze weer op de luchthaven. Het was een korte, maar
onvergetelijke trip geweest en Jill had het echt voor geen
goud willen missen. Die twee dagen zon hadden haar goed
gedaan. Ze had echt een gebrek aan vitamine D. Gelukkig
had ze op de terugvlucht nog wel een beetje kunnen slapen.
Ze was nog zo moe van alle hectiek en indrukken. Op de
barbecue de laatste avond had Will Jill nog even speciaal toe-
gesproken. Hij had op het feest aan iedereen bekendgemaakt
dat hij een Zuid-Afrikaanse versie van *Supermodel in de maak*
zou maken en Jill werd als een soort 'bewijsstuk' het podium
opgehesen. Het schaamrood stond op haar kaken, maar het
publiek juichte haar bemoedigend toe.
'Zijn je ouders er al?' vroeg Jennifer toen ze bij de
bagageband op hun koffers stonden te wachten. 'Die zouden
je toch ophalen?'
Jill knikte. 'Ja, ze sms'ten net dat ze bij de gate staan te
wachten. Ik heb echt wel zin om ze weer even te zien.'
'Is Wouter er ook bij?' vroeg Simone terwijl hun koffers de
band op kwamen gerold.
'Nee, helaas niet. Hij moet morgen weer heel vroeg werken.
Ik geloof dat hij om zes uur al weer op moet. Ik zie hem
morgenavond als het goed is. Dan vieren we gewoon nog een
beetje samen kerst.'

'Leuk', reageerde Simone. 'Het is toch best een beetje raar, hè, om tijdens jullie eerste kerst samen niet bij elkaar te kunnen zijn.'

Jill dacht na. Ja, ze vond het voor haar vertrek heel erg om niet met Wouter kerst te kunnen vieren, maar eerlijk gezegd had ze in Kaapstad geen moment last gehad van dat gevoel. Zelfs niet toen hij haar sms'te om haar een gelukkig kerstfeest te wensen.

Toen ze alle drie hun koffers hadden, liepen ze naar de gate. De schuifdeuren gingen open en Jill zag hem meteen. Wouter! Wat deed hij nou hier? Ze was er helemaal niet op voorbereid en voelde zich bijna een beetje ongemakkelijk. Hij was gewoon stiekem meegekomen met haar ouders. Wouter kreeg haar ook in het vizier en rende naar haar toe.

'Wat doe jij hier nou?' schreeuwde ze verbaasd. 'Jij moet toch morgen werken?'

'Ik heb net zolang bij mijn baas gezeurd totdat ik vrij was. Ben je niet blij?'

'Ja, ja, natuurlijk wel. Sorry, kom hier.' Ze gaf haar vriendje een lange kus. 'Ik was gewoon een beetje verbaasd.'

Wouter nam haar koffer over en Jill rende naar haar ouders. Haar moeder had tranen in haar ogen en Jill kon nog net de brok in haar keel doorslikken. 'Gelukkig kerstfeest, mam!' zei ze toen ze haar moeder een dikke kus gaf.

'Jij ook, lieverd, jij ook. We hebben je gemist.'

'Maar dat maakt niet uit,' zei haar vader snel, 'want het gaat erom dat jij een geweldige tijd hebt gehad in Kaapstad.'

Jill keek haar vader aan en zag het verdriet in zijn ogen. 'Ja', stamelde Jill en ze voelde zich opeens heel erg schuldig.

# 13

'Klaar om oliebollen te scoren? Of zijn die te vet voor een model?'

Jill gaf Jansje een speelse tik. 'Zeg, wist je niet dat ik een speciaal oliebollendieet moet volgen van Jennifer? Ik mag alleen maar oliebollen eten. Oh ja, en appelflappen!'

Jansje lachte. 'Man, volgens mij ben je na drie oliebollen strontmisselijk.'

'Haha, nee, man. Ik kan de hele oliebollenkraam wel leegeten zonder over te geven. Echt waar!'

'Ik daag je uit', kwam Amber tussenbeide. 'Als jij die hele kraam in het dorp leegeet, dan krijg je van mij een megagroot vuurwerkpakket cadeau.'

'Deal!' grapte Jill. 'Kom op, dan gaan we. Voordat de kraam leeg is!'

'We moeten ook nog even langs Britt fietsen, hè', opperde Jansje. 'Die staat op de hoek bij haar huis op ons te wachten.'

Het was oudejaarsdag en Jill genoot met volle teugen van de vrije dagen die ze bij haar ouders doorbracht. Tussen kerst en oud en nieuw had ze een week vrij geëist en al die tijd was ze lekker thuis. Ze had eindelijk weer eens kunnen bijpraten met haar vriendinnen en ze had Wouter ook veel gezien.

'Ik heb zo veel zin in vanavond!' kirde Britt dolenthousiast toen ze haar eerste hap nam van een verse, warme oliebol met te veel poedersuiker. 'Ik heb mijn jurk al een week lang voor mijn kast hangen en hij is zooo mooi. Weet jij al wat je aantrekt, Jill?'

Jill had er eerlijk gezegd nog geen moment over nagedacht. Ze gingen na twaalf uur naar het café midden in het dorp. Iedereen kwam daar meestal om oud en nieuw te vieren. De dj draaide ieder jaar dezelfde nummers ('Happy New Year' van ABBA werd zeker vijf keer op een avond ingezet) en ieder jaar strompelden ze de volgende morgen halfdronken weer naar buiten. Maar dit jaar had Jill er niet zoveel zin in als andere jaren. Natuurlijk, het was leuk om met haar vriendinnen weer een keertje te vieren en zo, maar ze had ook wel zin in een supergroot extraordinair feest zoals in Repeat werd gegeven vanavond, waarbij ze haar nieuwe glitterjurk aan kon die ze in Kaapstad had gekocht. Dat ding kon ze in haar ouderlijke woonplaats echt niet dragen. Als ze daarmee naar de kroeg zou gaan, zou ze echt uitgelachen worden. En haar oude dorpsgenoten vonden haar al een beetje maf omdat ze opeens een bekend model was en zo. Ze haalde daarom maar haar schouders op. 'Ik weet het nog niet. Ik denk gewoon een zwart rokje met een simpel topje of zo. Niet iets heel geks.'

Amber keek haar vriendin aan alsof ze gek was geworden. Met een wit besneeuwde poedersuikermond zei ze verbaasd: 'Andere jaren kon je weken van tevoren al bedenken wat je aan zou trekken. En nu maakt het je opeens niets uit? Doe niet zo gek!'

Weer haalde Jill haar schouders op. 'Ach, het is maar een simpel feestje in de kroeg. Het is niet zo dat er allemaal belangrijke mensen zijn of zo. Kijk, als het nou in Zuid-Afrika was. Dan had ik me nu echt al wel druk gemaakt om mijn jurk.'

Jill wilde doorgaan, maar werd onderbroken door haar vriendin. 'Pardon? Wat doe je opeens raar, Jill! Het lijkt wel alsof je jezelf te goed voelt voor ons. Of voor de mensen in het dorp.'

Het klonk feller dan Jill van Amber gewend was. Jill keek naar Amber en vervolgens naar haar andere vriendinnen, die hun blik wijselijk op de grond gericht hielden. Ze voelde zich opeens vreselijk aangevallen. 'Waar slaat dat nou weer op?' verdedigde ze zichzelf. 'Alleen maar omdat ik nog niet weet wat ik aantrek voel ik me beter dan de rest? Nou, je wordt bedankt. Fijn dat je zo over me denkt.' Ze voelde de tranen in haar ogen prikken.

Ambers blik was nog steeds niet erg vriendelijk. 'Jeetje. Spring jij even snel uit je vel! Sorry dat wij geen bekende acteurs of modellen zijn. En sorry dat wij geen jurken kunnen kopen van honderden euro's of naar een of ander überhip feest kunnen waar ze alleen maar champagne serveren.'

Ambers stem klonk steeds feller en de eerste tranen rolden al over Jills wangen. Ze was het helemaal niet gewend om zo aangevallen te worden. En al zeker niet door Amber. Oké, Amber kon altijd wel heel direct zijn, maar ze was nu wel erg onredelijk. 'Dit slaat echt nergens op, Amber', riep ze snotterend. 'Je verzint allemaal dingen die helemaal niet waar zijn. Ik voel me helemaal niet beter dan wie dan ook. En ik hoef echt niet alleen maar de feesten met bekende mensen en...' Ze werd steeds bozer en snikte nu hard. Ze kwam niet meer uit haar woorden. Waarom deed Amber net alsof haar vriendinnen en haar oude kroeg te min voor haar waren?

Dat was helemaal niet zo!

Jansje greep in. 'Meiden, kom op! Doe eens rustig. Jullie bedoelen het allebei niet zo. Jill voelt zich niet te goed en Amber weet dat best.'

'Ja, maar...' wilde Amber doorgaan.

' Nee, nu even je mond dichthouden, Amber!' zei Jansje als een strenge schooljuffrouw. 'Jullie hoeven toch geen ruzie te maken om zoiets onzinnigs als een feestoutfit. Jij voelt je toch helemaal niet beter dan wie dan ook, Jill?'

'Nee, natuurlijk niet', snikte Jill. 'Ik vind het toch superleuk met jullie? En ik heb echt wel zin in vanavond, hoor.'

'Nou, zie je, Amber.'

Ambers ogen werden wat vriendelijker. 'Ja, dat weet ik ook wel. Maar soms krijg ik gewoon het gevoel dat wij niet meer in je leven passen. Je hebt zo'n turbulent en spannend bestaan. Wat maken wij nou mee? Helemaal niets! We hebben allemaal een vast vriendje, gaan altijd naar dezelfde kroegen en zo.'

'Dat is toch ook leuk?' reageerde Jill verbaasd. 'Ik zou soms ook wel wat meer rust in mijn leven willen, hoor. En denk je dat ik Wouter en mijn ouders en jullie niet mis als ik niet thuis ben? Echt wel, hoor!' De tranenregen was even opgehouden, maar begon nu weer. Niet van boosheid, maar omdat ze het heel erg vond dat haar beste vriendinnen dachten dat ze niet spannend genoeg meer waren voor haar. 'Ik vind het echt heel erg dat je zo denkt. En ik hoop ook echt niet dat ik me zo gedraag, want ik wil helemaal geen verwende snob zijn. Echt niet!'

Amber huilde nu ook. 'Dat weet ik ook wel. Sorry. Kom hier!' Ze gaf Jill een dikke knuffel. 'En al ga je vanavond in je tuinbroek, je bent en blijft mijn vriendinnetje.'

Jansje haalde opgelucht adem, blij dat haar vriendinnen elkaar niet meer in de haren vlogen.

'Zeg, ik heb zin in nog een oliebol.' Britt had niets gezegd tijdens de woordenwisseling en vond het nu wel weer goed geweest. 'Jullie ook?' De rest van de meiden begon te lachen. Britt kon soms zo onverwacht droog uit de hoek komen.

'Ja, lekker. Kom maar op met die vetbollen!'

'...5, 4, 3, 2, 1... Gelukkig Nieuwjaar!' Buiten klonken de eerste vuurwerkknallen al. Binnen toostten Jill, haar broertje, vader, moeder, opa en oma en Wouter op een geslaagd jaar.

'Dat je maar heel veel goede klussen binnen mag slepen', fluisterde Wouter in haar oor toen hij haar zoende.

'Ja, en dat jij maar een succesvol zakenman mag worden!' Wouter zat nu in het tweede jaar van zijn studie bedrijfs- kunde en zijn grote droom was om ooit een eigen bedrijf op te zetten. Jill nam nog een flinke slok van haar champagne en schonk haar glas nog snel vol voordat de fles leeg was. Ze vond het vreselijk om toe te geven, maar ze was echt hard toe aan bubbels. In de stad was het de normaalste zaak van de wereld om champagne te drinken. Je kreeg het op ieder feestje en als ze naar een discotheek gingen, was er altijd wel een rijke vent die een flesje bestelde. Ze had de hele avond spelletjes gespeeld en naar stomme tv-shows gekeken met haar familie en Wouter. Vroeger had ze dat altijd heerlijk gevonden, maar ze merkte dat ze de hele avond al een onrustig gevoel in haar buik had. Eigenlijk wilde ze het nieuwe jaar grandioos in knallen. Niet in een woonkamer met een opa en oma die bijna in slaap vielen. Ze miste de feestjes in Repeat best wel. Hoe verwend dat ook mocht klinken.

'Ik ben zo blij dat je er met oud en nieuw wel bij bent!' zei Wouter knuffelend. 'Ik baalde er echt van dat je met kerst niet bij ons was. Als je nu ook nog had moeten werken, was ik je persoonlijk komen ophalen.' Hij keek haar zo serieus aan, dat hij het waarschijnlijk nog gedaan zou hebben ook. Jill sloeg een arm om zijn nek, gaf hem een kus op zijn voorhoofd, maar zei verder niets.

*'Happy New Year, Happy New Year. May we all have a vision now and then. Of a world where every neighbour is a friend...'* De vier vriendinnen inclusief aanhang zongen uit volle borst mee met de klassieker van ABBA. De drank vloeide rijkelijk en Amber was de eerste die dronken werd. Ze zong en praatte met dubbele tong en hing als een lappenpop om haar vriendje heen. Jill moest erg om haar lachen. Ze was zo vermakelijk als ze dronken was. En zo lief ook.

'Zie je', schreeuwde Britt in het oor van Jill om boven de muziek uit te komen. 'Zo slecht is het nog niet hier, hè?' Jill knikte. 'Nee, het is dan geen Kaapstad, maar ik vermaak me uitstekend!'

'High five', gilde Amber. 'Op een heeeeeeel gaaf nieuw jaar.' Met een slappe hand klapte ze tegen die van Jill en Britt aan.

Jill had het best wel naar haar zin. Gewoon lekker ouderwets gezellig. Net als vroeger. Met als enige verschil dan dat sommige mensen in de kroeg haar met scheve ogen aankeken (alleen maar jaloezie, had Jans gezegd) en niet eens 'hallo' zeiden, ook al staarden ze haar de hele avond aan.

In Jills schoudertasje piepte haar Blackberry, haar nieuwe speeltje. Wéér een sms'je. Haar inbox stroomde dit jaar belachelijk snel vol met al haar nieuwe vrienden en kennissen uit de stad. Het was Simone.

'Hé, moppie! Happy New Year! Jammer dat je niet in de stad bent... het is echt een topfeest hier in Repeat! Trouwens... ik kwam John net tegen en hij vroeg naar je! Woehoe ;-) Nou, ik hoop dat jij het ook leuk hebt daar in dat gehucht, haha. Dikke kussen van mij en de rest!' Jill scrolde verder naar beneden en zag dat Simone er ook een foto had bijgevoegd. Simone en nog een stuk of acht mensen van Amazing Models zaten aan hun vaste tafeltje in Repeat, met een fles champagne op tafel. In Simones hand prijkte een mierzoete roze cocktail. Ze hadden allemaal zoveel lol en zagen er zo mooi uit in hun glitterjurken. Heel even voelde Jill een steek van jaloezie. Zat zij nu ook maar in Repeat! Dan had ze tenminste echt gevierd.

'Hé, waar zit je met je gedachten?' Wouter kwam achter haar staan en sloeg zijn arm om haar middel.

'Nergens', mompelde Jill. 'Nergens.'

'Kijk eens wat ik voor je heb meegenomen', zei Wouter met een grote glimlach. Van achter zijn rug toverde hij een roze cocktail voor haar tevoorschijn met een paars parapluutje en fonkelende sterretjes als decoratie. 'Voor mijn ster!' glimlachte hij trots.

Jill gaf hem een dikke kus en nam een slok van de heerlijk zoete cocktail. Oké, er zat geen vleugje witte chocolade in zoals bij Repeat, maar hij smaakte lekkerder dan alle drankjes die ze ooit had gedronken. Dit drankje was gevuld met het allerlekkerste ingrediënt ooit: liefde. Haar avond kon niet meer stuk.

# 14

'Wat? Ben je dan niet thuis?' Haar moeders stem klonk teleurgesteld. 'Maar dan word je achttien, lieffie. Je kunt toch wel een keertje een dag vrij nemen?'

Jill vond het vreselijk om haar moeder te moeten vertellen dat ze op 14 januari niet thuis zou zijn. Achttien was toch een bijzondere leeftijd. 'Het spijt me enorm, maar ik kan echt niet onder deze verplichting uit. Ik baal ook als een stekker.' Jill wist dat de week voor haar verjaardag een drukke week zou worden. Het was Fashion Week in de stad, het tweejaarlijkse mode-evenement van het jaar waarbij alle ontwerpers uit het land hun nieuwe collectie showden op de catwalk aan een gemêleerd gezelschap bestaande uit journalisten, stylisten, inkopers, bekende mensen en sponsors. Op zaterdagavond 14 januari, precies op de achttiende verjaardag van Jill, organiseerde confectieketen Doody Fashion zijn feestelijke modeshow. Doody Fashion was de grote sponsor van het tweede seizoen *Supermodel in de maak*, dat in maart weer van start zou gaan. Als hoofdsponsor betaalden zij bakken met geld om het programma te maken en samen met NET10 zouden ze na afloop van de modeshow het tweede seizoen lanceren. En omdat Jill nog steeds onder contract stond bij

NET10 en ze dus voor promotionele klussen beschikbaar moest zijn, was ze op haar verjaardag de pineut. Doody Fashion wilde haar uiteraard bij de show hebben. Ze moest meelopen in de show en was na afloop eregast op de afterparty. Echt, waarom had Mandy haar gewoon niet eerder verteld over deze verplichting? Jennifer was wel heel vroeg met het doorgeven van de shows die Jill die week moest lopen. Ze was zelfs zo lief geweest om rekening te houden met Jills verjaardag. En nu kwam Mandy doodleuk anderhalve week voor haar verjaardag met de mededeling dat ze nog een verplichting had voor NET10. Zoiets vergat je toch niet te zeggen?

'En dat feest is zeker 's avonds, hè? Je kunt niet om ongeveer acht uur hier zijn?' Haar moeder bleef maar proberen.

'Sorry, mam. Ik zei toch net al dat het een avondshow is. Ik ben bang dat ik er niets aan kan doen.'

Een diepe zucht aan de andere kant van de lijn. 'Nou, dan moet ik maar beginnen met iedereen afbellen.'

Jill snapte het niet. 'Hoezo afbellen?'

'Ik had een supriseparty voor je georganiseerd. Mijn kleine meisje wordt niet iedere dag volwassen. En we hebben je natuurlijk al niet zoveel gezien de afgelopen maanden, dus het leek me leuk om een heel groot feest voor je te organiseren. Ik had zelfs de dj uit Grand Café gevraagd om te draaien.'

Jill voelde een grote brok in haar keel. Haar moeder had al haar vriendinnen en vrienden opgetrommeld in het geheim, haar favoriete dj gevraagd en nu belde Jill doodleuk op om roet in het eten te gooien. Ze kon wel janken. 'Ooooh, mam!! Wat lief. Heb je dat echt voor mij georganiseerd? Ik weet niet wat ik moet zeggen...'

Het was even stil aan de andere kant van de lijn. Haar moeder zuchtte nogmaals en herstelde zich weer. 'Schat, het geeft niet. Je kunt er niets aan doen. We geven gewoon een andere keer een feestje voor je. Dan is het alleen geen verrassing meer, maar dat geeft niet.'

'Is goed, mam. Sorry nogmaals. En bedankt dat je voor mij een surpriseparty hebt georganiseerd. Superlief, echt waar!'

Jill voelde zich nog steeds superlullig. Wat een teleurstelling moest dit zijn voor haar moeder! Ze was vast al weken bezig met de voorbereiding en nu zei haar dochter tien dagen voor haar verjaardag doodleuk af omdat ze eregast moest zijn op een feest van een of ander domme confectieketen. Bah, soms was het werk als model echt superstom.

Mandy van NET10 was een echte lieverd. Ze was Jills verjaardag niet vergeten en had backstage een heel grote slagroomtaart laten bezorgen met daarop een foto van het moment waarop Jill te horen kreeg dat zij de winnares was van *Supermodel in de maak*. Er stonden achttien brandende kaarsjes op de taart.

'Je moet ze in één keer uitblazen', gilde Mandy. Maar voordat Jill de kaarsjes kon uitblazen zette Mandy al *Lang zal ze leven* in en iedereen backstage deed enthousiast mee. Toen ze uitgezongen waren, blies Jill de kaarsjes uit en klonk er luid gejuich.

'Tijd voor cadeaus!' gilde Mandy. Uit haar zwarte Miu Miu-tas viste ze een goudkleurig pakje. 'Van het hele *Supermodel in de maak*-team.'

Voorzichtig pakte Jill het cadeautje uit.

'Wow, wat mooi! Dat had je niet hoeven te doen, Mandy!'

Uit het gouden inpakpapier was een fluwelen doosje

tevoorschijn gekomen waarin een klein gouden hangertje zat met de eerste letter van haar naam. De J was voorzien van een klein fonkelend diamantje. Het zag er heel verfijnd, maar vooral ook duur uit.

'Ach', wimpelde Mandy Jills reactie weg. 'Een kleinigheidje. Omdat je zo goed je best hebt gedaan voor ons dit jaar. En omdat je je surpriseparty mis bent gelopen door ons.'

Jill gaf Mandy een knuffel en bedankte haar en de rest van het team. Toen iedereen een stuk taart had gegeten – sommige modellen prikten alleen met de vork in de taart zonder daadwerkelijk een stukje in hun mond te stoppen – was het weer tijd voor de orde van de dag. Geen feestelijke verjaarsdagsstemming meer, maar keihard werken om alles op tijd af te krijgen voor de grote show van vanavond.

Iets verderop was een stuk of vijftig man bezig met het opbouwen van het decor voor de grote afterparty. Jill was al even gaan kijken en was geschrokken toen ze bij de ingang een levensgrote foto van zichzelf zag hangen. De foto was genomen tijdens de catwalkshow van *Supermodel in de maak* en onder de foto stond met grote roze letters: *Who's Next?* De directeur van Doody Fashion had haar verwelkomd en een korte rondleiding en instructies voor tijdens het feest gegeven. Het was niet echt een heel vriendelijke man, vond Jill. Een beetje stug en heel erg zakelijk. Hij zag Jill ook echt als een marketingobject. Een manier om zijn merk te promoten. Niet als mens.

Toen ze langs een verhoogd podium liepen, had hij gezegd: 'Na het fotomoment op de rode loper brengt mijn assistent je naar deze tafel. Het is wel belangrijk dat je goed de tijd neemt voor de foto's. En vergeet niet om voor het scherm te gaan staan waarop mijn logo staat. Anders heb ik niets aan die foto's.' Jill vond het een nare man. Ze snapte zelf ook wel dat het scherm met daarop honderd keer het logo van Doody Fashion niet voor niets achter de rode loper was geplaatst. 'Eenmaal binnen ga je aan deze tafel zitten.' De directeur wees naar een rode tafel op het verhoogde podium. De tafel stond – hoe kon het ook anders – midden in de spotlights. Jill knikte braaf.

'Ik zit ook bij je aan tafel. En natuurlijk nog een paar bekende mensen. Soapacteurs en bekende presentatoren doen het altijd goed in de pers, hahaha.' De directeur bulderde om zijn eigen opmerking. Erg grappig vond Jill het niet.

'Ik neem mijn vriendin Simone ook mee vanavond. Ik ben namelijk jarig vandaag. Ik neem aan dat dat geen probleem is? Simone is ook model.'

De directeur keek haar met gefronste wenkbrauwen aan. 'Eh, Simone? Die ken ik niet. Wie is dat?'

'Een goede vriendin van mij. Ze staat ook onder contract bij Amazing Models.'

De directeur leek even na te denken. 'Hmm, ja, je kunt haar wel meenemen, maar onze tafel zit vol. En je snapt wel dat ik geen bekende mensen aan de kant kan schuiven voor een meisje dat niemand kent.'

Jill baalde. Ze was jarig en ze wilde dat vieren met haar vrienden! Niet met een paar semibekende sterren waar ze helemaal niets mee had. Jill wist nu al dat het een lange avond zou worden...

De typische catwalkdeuntjes knalden uit de speakers en Jill stond achter de coulissen klaar om op de catwalk te stappen. Als eregast zou ze de show openen en sluiten. Ieder model op de catwalk wil een show openen of sluiten.

Dan pas word je opgemerkt. Een niet zo bekend model zie je nooit als eerste of als laatste opkomen. Die positie is alleen voor het meest bekende meisje, het meisje waarvoor ze het meest betaald hebben en waarover de pers ook het meest zal schrijven. Jill was vanavond dus zo'n model.

'Ben je klaar om op te gaan?' vroeg de choreograaf gejaagd aan Jill.

'Yes, laat maar komen', glimlachte Jill. Ze had heel erg opgezien tegen vanavond. Ze werd achttien en wilde haar verjaardag vieren, niet werken. Maar nu ze het geroezemoes uit de zaal en de opzwepende deuntjes hoorde, kreeg ze wel erg veel zin om op de catwalk te stappen. De laatste keer dat ze een show had gelopen was in Zuid-Afrika. Ze miste het gevoel. Het gevoel dat heel de wereld even stilstond en naar jou keek. Het machtige gevoel dat ze kreeg als ze als een zelfverzekerde vrouw over de planken schreed. Heerlijk!

'Het is zover. Doe je best, Jill. Lopen maar!'

De show verliep zoals verwacht goed. Jill had geen domme dingen gedaan. Geen misstap, geen jurk die losliet of afgleed. Jennifer zou vast trots op haar zijn. Zeker omdat ze dacht dat de directeur van Red Rose ook in de zaal zou zitten, en ze wilde nog altijd dat Jill indruk op hem maakte. Na die ene avond dat Jill uren op hem had zitten wachten in het restaurant, had ze hem één keer vluchtig gezien tijdens de opening van een nieuw hip restaurant in de stad. Jennifer had hem herkend en naar hem gezwaaid. Hij kwam op hen afgelopen, groette Jennifer en keek vervolgens aandachtig naar Jill. Hij stak zijn hand uit, maar net op het moment dat Jill hem de hand wilde schudden, werd hij weggetrokken door een hysterische vrouw. Later bleek dat het zijn vrouw was, die zijn minnares was tegengekomen op het feest. Ze wist van haar af, maar zolang ze haar niet ontmoette, kon ze doen alsof ze niet bestond. Nu wilde ze onmiddellijk naar huis. Ze had de man achter het bekende jeanslabel dus nog steeds niet echt ontmoet en dus had ze ook nog altijd geen campagne van wereldformaat binnengesleept. Iets waar zij wel op hoopte. En Jennifer zo mogelijk nog meer.

Het enthousiaste publiek in de zaak applaudisseerde luid toen Jill samen met de directeur van Doody Fashion als laatste de catwalk weer betrad. Onder het toeziend oog van de voltallige pers, een hoop bekende *front rowers* en een stuk of vijftig paparazzifotografen maakte de directeur het tweede seizoen van *Supermodel in de maak* bekend. Ook de directeur van NET10 kwam nog even de catwalk op om een reclame-woordje te richten tot de pers. Jills taak bestond enkel uit lief lachen en heel enthousiast mee applaudisseren.

De directeur had de afterparty groots aangepakt. Hij had een hoop geld gepompt in het project, dat was duidelijk. Er liepen een stuk of driehonderd genodigden rond, van wie zeker een kwart bekend was van televisie of behoorde tot de groep *socialites* van de stad. Jill wist uit betrouwbare bron dat veel sterren geld kregen om op een feestje te verschijnen en dat bedrijven daar graag voor betaalden. Hoe meer sterren, hoe meer *free publicity*. Een showbizzprogramma als *Achterklap* kwam echt niet langs om te filmen als er niet een noemenswaardige ster aanwezig was. Zo zat de mediawereld nou eenmaal in elkaar... Hun lezers en kijkers wilden graag bekende koppies zien, ook al hadden die bekende koppies helemaal niets te melden. En dan waren de prijzen bij hen nog redelijk. In Amerika vroeg een ster al snel tienduizenden dollar voor zijn of haar aanwezigheid. En toch betaalde zo'n pr-investering zich meestal dubbel en dwars terug omdat alle media over de ster en het bedrijf schreven.

Jill werd naar de viptafel begeleid en keek in de zaal of ze nog bekenden zag. Simone was er niet bij. 'Wie denkt die man wel niet dat hij is? Ik ben je vriendin, ja! Dan mag ik toch wel bij je aan tafel zitten? Zeker op je verjaardag! Pffff, wat een klootzak zeg! Nou, vertel die directeur maar dat ik geen zin heb in zijn suffe feestje. Ik ga wel lekker de stad in', had ze zwaar beledigd gezegd toen ze hoorde dat er geen plek was voor haar aan de viptafel. Jill baalde dat haar vriendin er niet was, maar snapte het wel. Wat had ze er anders op haar eentje te zoeken?

Jill zag geen enkel bekend gezicht aan haar tafel zitten. Ja, de directeur zat er met een jong meisje. Zijn dochter? Of vriendin? Verder zaten er nog een paar meisjes aan tafel die Jill herkende van zo'n suffe realityshow op televisie. Van die simpele mutsen die geen enkel greintje verstand hadden en alleen maar konden praten over de nieuwste tassen, auto's en de vrijgezelle status van de plaatselijke hockeyspelers. Ze zwaaiden even naar Jill, maar hadden meer aandacht voor hun telefoons. Facebook op je telefoon was echt een doodzonde. Nog even en niemand communiceerde meer met elkaar *in real life*.

'Jill! Wat goed dat je er bent. Heb je een leuke show gehad?' De directeur stond op uit zijn stoel en gaf haar drie dikke kussen op haar wang. Het meisje dat naast hem zat stond op. 'Dit is mijn vriendin Vanessa.' Vanessa was niet ouder dan vijfentwintig en droeg een witglanzende franjejurk. Een golddigger eersteklas, dat zag Jill zo.

Jill stak haar hand uit naar Vanessa. 'Hoi, ik ben Jill.

Aangenaam. Leuk je te ontmoeten.' Jill had zich de afgelopen maanden al aan zoveel mensen voorgesteld. Ze wist precies hoe ze moest glimlachen en welke toon ze moest gebruiken om zo oprecht mogelijk over te komen.

Vanessa glimlachte terug. 'Wat leuk je nou eens in het echt te ontmoeten. Ik ben echt een grote fan van je! Ik was zo blij toen ik hoorde dat jij meeliep in de show en hier zou zijn. Je kunt me nu vast van alles vertellen over het modellenvak. Ik droom er al zo lang van om model te worden, echt waar! En nu kun jij me helpen, hoe cool is dat!'

Jills oren suisden nu al van de hoge piepstem van Vanessa. Dat beloofde nog een lange avond te worden. En wat moest Jill tegen haar zeggen? Vanessa zou nooit model worden, dat zag ieder mens. Ze had een veel te grote, scheve neus en ze was zeker vijftien centimeter te kort om in aanmerking te komen.

Jill plofte neer in de stoel naast haar en greep dankbaar naar het glas champagne dat de ober haar voorhield. Ze vond het best angstaanjagend dat ze soms zo naar alcohol kon hunkeren, maar aan de andere kant wist ze wel altijd maat te houden. Echt dronken werd ze nooit. Alhoewel, sinds ze was verhuisd dronk ze wel steeds vaker alcohol. Meestal om de dag wel. In één teug was haar glas leeg en voordat ze het wist stond er alweer een nieuw voor haar neus. Ze was jarig. Ze moest feestvieren. En dus besloot ze genoeg alcohol te drinken om het toch nog een beetje gezellig te hebben op zo'n afterparty tussen mensen die ze niet kende of wilde kennen.

De jongen tegenover haar vroeg hoe de show was gegaan. Jill keek op. 'Eh, wel oké', antwoordde ze neutraal.

'Fijn!' Hij stak zijn hand uit. 'Pieter, aangenaam.'

Jill pakte zijn hand. 'En wat brengt jou hier?'

Heel even keek de jongen haar aan alsof ze hem in de maling nam, maar daarna antwoordde hij: 'Ik ben net als jij uitgenodigd door Doody Fashion. Wel leuk hoor, zo'n avond, maar het voelt soms ook als een verplichting. Poseren op de rode loper, en de hele tijd in de gaten gehouden worden door alle paparazzi.'

Jill keek achterom. Felle flitslampen werden op haar afgevuurd. Ze had de fotografen nog helemaal niet zo opgemerkt. 'Oh ja, shit. Ik weet het. Na één foto zou je toch denken dat ze wel voldoende materiaal hebben, maar nee, hoor. Ze klikken zo lang door. En op alle foto's staat uiteindelijk toch hetzelfde.'

Pieter lachte. 'Ik weet het.'

'Sorry, hoor', verontschuldigde Jill zich. 'Ik weet eigenlijk niet waarvan jij bekend bent. Want je bent bekend toch, neem ik aan?'

Pieter lachte weer. 'Bekend... bekend... ik weet niet of je het zo kunt noemen. Ik ben profvoetballer.'

'Oh', mompelde Jill. 'Zodoende, ja. Waar voetbal je?'

Weer lachte Pieter. 'Momenteel sta ik onder contract bij AC Milan. Zegt je dat iets?'

Jill wist echt niks van voetbal, maar die club kende ze wel natuurlijk. David Beckham had daar toch ook gespeeld? Of was het nou Christiano Ronaldo? Pfff, ze moest echt eens wat beter opletten als Wouter op zondag naar zijn favoriete sportprogramma keek.

Jill knikte en Pieter gleed met zijn hand nonchalant door zijn haar. 'Heeft zo'n mooie meid als jij al een vriend?' vroeg hij uit het niets nadat hij zijn glas champagne had leeggedronken.

Jill keek hem onderzoekend aan. Was deze voetballer haar nou aan het versieren? 'Ik heb al een vriend, ja', zei ze op neutrale toon. Die jongen moest toch niets van haar? Ze wist dat voetballers een reputatie hadden.

'Jammer', antwoordde Pieter met een stoute blik in zijn ogen. 'Ik had je graag eens meegenomen uit eten. Je bent echt mooi, weet je dat?'

Jill voelde zich een beetje ongemakkelijk. Natuurlijk vond ze het leuk om complimentjes te krijgen, maar deze Pieter was wel heel erg direct. Hij kende haar nog geen vijf minuten. Sinds ze het stempel 'mooi meisje' had gekregen, werd ze veel vaker versierd door allerlei mannen die haar niet eens kenden, maar alleen op haar uiterlijk en status afgingen. Dat kon heel vleiend zijn, maar soms werd Jill ook wel een beetje moe van al die uiterlijke schijn. Ze vroegen haar nooit eens naar haar echte leven. Naar haar oude vriendinnen, haar liefde voor Frankrijk, haar school. Gewoon dingen die haar interesseerden. Ze glimlachte beleefd naar Pieter en stond op van tafel. Ze excuseerde zich en liep naar de wc.

'Simone! Ik baal dat je niet hier bent. Het is tot nu toe echt nog een saaie bedoeling. Ga je zo nog de stad in?'
Aan de andere kant van de telefoon hoorde ze Simone gapen. 'Nee, ik ben moe, man! Ik viel net al op de bank in slaap. Ik was *Notting Hill* aan het kijken.'
'Jammer', antwoordde Jill teleurgesteld. 'Echt, ik blijf nog een halfuurtje voor de vorm, maar daarna ben ik weg. En ik ben jarig, hè, ik wil op stap! Doorhalen tot in de vroege morgen. Ik tik nu al het ene na het andere drankje weg!'
Helaas was Simone niet meer te overhalen.
'Ik zit al in mijn pyjama, joh. En mijn mascara zit onder mijn

ogen. *No way* dat ik nog de deur uit ga. Bel anders Ashita straks even. Die ging, geloof ik, nog wel de stad in.'

Sinds Ashita het uit had gemaakt met die wazige Gert ging ze weer ieder weekend op stap. Ze had de alternatieve raverscene samen met Gert de rug toegekeerd en stortte zich nu weer vol in het modeleventje. Repeat was al drie weekenden lang haar favoriete verblijf.

Jill keek naar zichzelf in de spiegel. De zware make-up van de show zat er nog op, maar het stond niet verkeerd. Ook de krullen die de kapper had gezet zaten nog op hun plek, met dank aan een litertje of drie haarspray, maar dat terzijde.

'Hmm, misschien bel ik haar straks wel even', reageerde ze niet al te enthousiast op het voorstel van Simone. 'Maar goed, hè, slaap lekker, saaie muts, en ik verwacht morgen wel een ontbijtje met taart en heel veel slagroom!'

Simone grinnikte en zei: 'Slagroom en een kater gaan niet samen, ik waarschuw je', en ze hing op.

Een beetje teleurgesteld keerde Jill weer terug naar de tafel. Het feestgedruis was in volle gang, maar Jill was niet echt *in the mood.* Nog een drankje dan maar. Ze griste een nieuwe cocktail van het dienblad van een passerende ober en zette haar weg naar de Doody Fashion viptafel voort. Pieter had inmiddels zijn charmes losgelaten op een van de socialite-meisjes die warempel haar iPhone aan de kant had gelegd, ook al lichtte het ding steeds op. Kortom: het was nog niet veel gezelliger geworden aan tafel.

Jill nam plaats en vroeg beleefd aan Vanessa of ze het naar haar zin had. Die knikte wild. 'Mijn schat kan toch zulke goede feestjes organiseren, vind je ook niet?' Haar schat keek opzij en kuste haar klef.

Jill keek ongemakkelijk weer de andere kant op. Ze wilde

haar telefoon pakken om haar vriendinnen thuis te sms'en. Ze had zich voorgenomen om nog twintig minuten te blijven en naar huis te gaan. Of naar de stad. Dat lag er een beetje aan. Ashita was niet echt haar ideale stapmaatje, maar ze werd ook maar één keer achttien. En in Repeat zouden vast genoeg mensen zijn die ze vaag kende en waar ze een dansje mee kon doen. Weet je, dacht Jill, misschien word ik vanavond wel voor het eerst in mijn leven stomdronken. Lekker ongegeneerd uit je dak gaan op de dansvloer zonder er erg in te hebben dat andere mensen je aanstaren.

'Kijk eens wie we daar hebben. Als dat Jill niet is!'
Achter haar hoorde ze een bekende mannenstem. Ze gooide haar telefoon weer in haar tas en keek achterom in de hoop een bekend gezicht te zien. Met een grote glimlach en gespreide armen stond John achter haar tafeltje.
Jill stond op en gaf hem een knuffel. Eindelijk iemand die ze kende en die ze ook nog eens aardig vond. 'John! Wat fijn om je te zien.' Ze verminderde het volume van haar stem en zei: 'Ik verveelde me al dood hier aan deze saaie jetsettafel. Wat een simpel volk allemaal!'
John lachte hardop. 'Aaah, ik zie het al. Mijn lievelingsgezelschap. Ik begeef me al jaren binnen dit clubje zeer interessante mensen', zei hij op olijke toon.
'Ja, jij wel! Dat je er niet gek van wordt!'
'Ach, het went. En soms kom je leuke mensen tegen zoals jij!'
Hij gaf haar drie zoenen en samen namen ze weer plaats aan de tafel. John gaf de directeur van Doody Fashion een hand, maar negeerde verder alle belangstellende blikken aan tafel. De laatste keer dat Jill John had gezien was tijdens het etentje met Wouter. Eigenlijk was dit nog maar de derde keer dat

ze hem zag, maar op een of andere manier had ze het gevoel hem al heel goed te kennen. Hij had iets vertrouwds. Alles wat hij zei leek ook echt oprecht.

'Vertel.' John schoof zijn stoel wat meer naar die van haar en hij legde zijn hand vriendschappelijk op haar knie. 'Wat brengt jou hier vanavond? Je hebt zeker meegelopen in de show, is het niet?'

Jill knikte terwijl ze het rietje van haar cocktail in haar mond stak. 'Ik moest verplicht hier op de afterparty zijn. Als een soort eregast.' Ze maakte in de lucht aanhalingstekens met haar vingers. 'Maar ik verveel me dood. Ik ben jarig vandaag en zou nu eigenlijk een groot feest vieren met mijn vriendinnen. In plaats daarvan zit ik hier moederziel alleen. Simone mocht niet mee en Mandy van NET10 is vanavond op date met een of andere makelaar en is na de show direct vertrokken.'

Johns mondhoeken hingen naar beneden en hij keek haar semiverdrietig aan. 'Je bent jarig? En je viert niet eens feest? Ben je gek! Kom!' Hij schoof abrupt zijn stoel naar achteren en pakte haar hand. 'Meekomen, jij. Ik ontvoer je nu onmiddellijk en we gaan samen je verjaardag vieren.'

Jill kwam lachend overeind en keek hem hoofdschuddend aan. 'Maar je bent hier net?'

'Ja, en?' protesteerde hij. 'Ziet het ernaar uit dat het hier nog gezellig gaat worden? Dacht het niet! Kom! Ik weet waar je de beste cocktails van de stad kunt drinken.' Hij had nog steeds haar hand vast en ze volgde hem braaf richting uitgang.

Erg ver kwamen ze niet. Een gele gloed van flitslampen hield hen tegen onder aan de trap. Jill gooide haar hoofd opzij om niet verblind te worden. John had nog steeds haar hand vast en baande zich gehaast een weg door de menigte en langs alle paparazzifotografen. 'John! Wacht! Poseer eventjes voor ons', gilde de één. 'Jill en John! Wat een enig koppel! Vinden jullie ook niet, mannen?' schreeuwde de ander. Jill kon een glimlach niet onderdrukken. Die fotografen hadden ook echt geen leven. Ze gingen alleen samen met z'n tweeën cocktails drinken voor haar verjaardag!

Eenmaal buiten keek John achterom. 'Zo, die zijn we kwijt. Ik had echt geen zin meer om te poseren voor ze. Je bent zo een kwartier bezig. En dan willen al die meisjes op de dansvloer ook nog met je op de foto.'

Jill keek naar zijn rood aangelopen gezicht. 'Is het zo erg?'

'Ja', zuchtte John diep. 'Op de rode loper wil ik best leuk doen, hoor, voor de foto, maar op een gegeven moment heb ik mijn privacy nodig. Zo gek is dat toch niet?'

Jill schudde haar hoofd.

'Wij storen hen toch ook niet op hun verjaardag?'

'Gelijk heb je!' zei Jill stellig. 'Ik hoop alleen niet dat ze straks zeggen dat we een koppeltje zijn. Hoorde je dat niet?'

John haalde onverschillig zijn schouders op. 'Ach, babe, als ik hen moet geloven, heb ik al zeker duizend vriendinnetjes gehad. Nou, bullshit. Ik heb ze geteld en het waren er maar 998.' Een ondeugende grijns verscheen op zijn gezicht.

Jill gaf hem een por.

'Meekomen, jij. Het is partytime!'


'Waar neem je me in hemelsnaam mee naartoe?' vroeg Jill toen John haar een donker steegje in sleurde.

'Vertrouw me nou maar. Je gaat het echt leuk vinden.'

Een zwerver liep langs hen heen en keek Jill dreigend aan.

Een rilling liep over haar rug. 'Ik vind het hier eng', fluisterde Jill. 'Ik ben niet zo dol op donkere steegjes.'

John kneep in haar hand. 'We zijn er al, kijk maar.' Ze stonden voor een zwarte deur.

'Hier?' riep Jill verbaasd. 'Ik zie niets?' Ze keek omhoog, maar zag enkel muren.

John klopte op de deur en een klein luikje ging open. De man aan de andere kant van de deur herkende John en haalde de deur van het slot. 'Hé, ouwe! Alles goed met je?' Hij gaf de uitsmijter een stevige handdruk. 'Goed je weer te zien.' De man keek over de schouder van John en zag Jill staan. 'Zo, en wie heb je deze keer meegenomen? Mooi meissie, hoor!' De man had een zwaar stads accent.

'Barry, dit is Jill.' Ze stak een hand naar hem uit en hij pakte hem gretig vast. Zijn brede hand kneep haar vingers bijna fijn.

John liep naar boven de met zwart beklede trap op en Jill volgde hem. Ze had nog steeds geen idee waar ze waren, maar de muziek die van boven kwam klonk veelbelovend. De trap liep in een bocht en kwam uit in een klein halletje, waar John zich eerst ontdeed van zijn eigen jas en toen als een echte gentleman Jill uit haar jas hielp.

'Kom binnen', zei John en hij hield de deur voor haar open. Jill werd aangenaam verrast door de bar die achter de deur verstopt zat. Het zag er knus en warm uit, met grote bruine chesterfield banken en een prachtige glanzende bar waarachter tientallen flessen drank stonden opgesteld. Jill had nog nooit zoveel verschillende flessen drank bij elkaar gezien. In de hoek stond een vrouw te zingen. Haar ronde heupen werden mooi geaccentueerd door haar jarenvijftig-pettycoat, en haar intens donkere haar viel zwoel voor haar gezicht. Ze zong sexy jazzy deuntjes en werd begeleid door een pianist. Zo mooi! Jill voelde zich meteen op haar gemak.

John zag de verbazing op haar gezicht en genoot. Ieder meisje dat hij voor het eerst naar Club 88 meenam, werd op slag verliefd op deze bar. Het was er erg klein en intiem. John hield van deze bar omdat niemand hem hier raar aankeek omdat hij toevallig op tv kwam. Iedereen liet hem hier met rust. De barmannen kenden hem en waren ook altijd erg discreet.

'Wat is het hier knus', zei Jill terwijl ze plaatsnamen op de grote, koele chesterfield bank.

'Heerlijk, hè. Dit is echt een van mijn lievelingsplekjes in de stad. Niet iedereen komt hier zomaar binnen, laat staan dat men weet dat er achter die zwarte deur een bar verscholen zit.'

'Goedenavond, John.' Een van de barmannen was bij hun tafeltje komen staan. Hij vroeg wat ze wilden drinken. John stond op en fluisterde iets in zijn oor. De barman luisterde aandachtig, draaide kort zijn hoofd naar Jill en glimlachte. Wat deed John geheimzinnig opeens!

De barman zei dat het goed kwam en liep terug naar de bar.

'Wat heb je gezegd?' vroeg Jill nieuwsgierig.

'Jaaa, voor jou een vraag en voor mij een weet.'

Jill gaf John een speelse klap op zijn arm. 'Vertel nou, je hebt toch niets geks besteld, hè?'

Weer die geheimzinnige blik. John liet niets los, maar het was duidelijk dat hij een geheimpje voor haar had. Tien minuten later kwam ze erachter wat dit geheimpje was.

De jazzzangeres zong met haar zwoele stem de eerste woorden van *Happy Birthday* en links van Jill kwamen twee barmannen aangelopen. De voorste had twee joekels van cocktails op zijn dienblad staan en achter hem verscheen zijn collega met een minichocoladetaart met een wit glazuren randje. Het vuurwerk dat op de taart stond knetterde hard. 'Aaaah! Wat lief!' Jill was echt verrast. Toen de zangeres, begeleid door John en de barmannen, was uitgezongen, klapte ze luid.

'Gefeliciteerd lieverd.' John gaf haar een dikke kus op haar wang. 'Op dat je eindelijk volwassen bent!' Ze klonken met hun cocktailglazen en Jill voelde zich op dat moment het gelukkigste meisje ter wereld.

'Weet je wel zeker dat het een goed idee is om nog te gaan?' De woorden rolden een stuk minder vloeiend uit haar mond dan dat ze in haar hoofd klonken.

'Ja, joh! Waarom niet? Het is nog maar halfdrie, we kunnen nog zeker tot vijf uur doorgaan. Je wordt maar één keer achttien, ja, toch?'

'Ach ja, je hebt gelijk!' John hoefde geen enkele moeite te doen om haar over te halen om nog even naar Repeat te gaan. Ze was flink aangeschoten en dat wist ze. Jill had de tel niet bijgehouden, maar ze wist bijna zeker dat ze de helft van de cocktailkaart had geprobeerd in een paar uur tijd, plus nog één of twee zelfverzonnen creaties van John, die beweerde in een eerder leven bartender te zijn geweest.

John stond op, pakte de hand van Jill vast en trok haar overeind. Een lichte duizeling ging door haar hoofd. Aiii, als je maar bleef zitten was er niets aan de hand. Maar nu ze eenmaal stond, voelde ze zich een beetje wankel en toch iets meer dronken dan gedacht. Ze streek haar jurkje glad dat door het hangen op de bank veel te ver omhoog was gekropen. Je kon de onderkant van haar billen nog net niet zien, maar het scheelde niet veel. Jill kleurde rood toen ze zag dat de barman naar haar keek. Shit, wat moest hij wel niet van haar denken! John ging achter haar staan en reikte haar haar jas aan. 'Zo, mooie meid, het is tijd om te dansen!'

'Joehoe, John. Wat heb je een haast!' Met ferme passen sleepte John haar mee door de smalle straatjes van de stad. Jill kon hem amper bijhouden en haar hakken wankelden akelig op de kleine, ronde kinderkopjes. John keek achterom. 'Ik heb het gevoel dat we achtervolgd worden', zei hij met een lichte irritatie in zijn stem.

Jill keek verbaasd achterom. Ze had niets gemerkt.

'Al vanaf het moment dat we uit de cocktailbar zijn gestapt', legde hij haar uit. 'Ik denk dat het weer die ene fotograaf is. Dat is toch zo'n bullebak.'

'Wie?' vroeg Jill verbaasd. 'Ik heb niets gezien, hoor.' Weer voelde ze een lichte duizeling. Shit, ze was echt dronken.

'Ja, die vent die laatst ook uren voor de deur van Danielle heeft gestaan en midden in de nacht bij haar aanbelde. Danielle was doodsbang voor hem.'

Jill bleef stilstaan om even op adem te komen. 'Wie is Danielle nou weer?' vroeg ze melodramatisch terwijl ze haar handen in de lucht gooide.

John trok haar mee een smal steegje in en pakte Jills schouders vast. Hij keek haar diep in de ogen en grinnikte. 'Wat?' mompelde Jill. 'Waarom lach je me uit?' Weer een grinnik. 'Ik lach je niet uit. Ik zou niet durven. Ik lach je toe.'

'Ja, ja', antwoordde Jill, die er allemaal niet meer zoveel van begreep en alleen nog maar wilde dansen. Hallo, ze was jarig! Hoezo stonden ze dan te schuilen voor een onzichtbare fotograaf in een of ander vies steegje dat naar urine rook en donker was?

'Je kijkt zo onnozel uit je ogen, lieve Jill. Zo onbezonnen nog, heerlijk! Helemaal nu je dronken bent.'

'Ik ben niet dronken', ging Jill tegen hem in, maar tegelijkertijd liet ze haar clutch uit haar handen vallen. 'Oeps', stamelde ze terwijl ze haar lippenstift en een verdwaalde tampon van de grond griste en weer in haar tasje stopte. Waarom moest er nou altijd een tampon uit je tas rollen als die op de grond viel? Nooit een keer iets anders, altijd maar weer die tampons. Had ieder meisje daar soms last van? 'Wie is Danielle?' vroeg ze nog een keer aan John.

'Een soort van ex-vriendin.'

Tuurlijk, Jill had het kunnen raden. Alle vrouwen in zijn leven waren vriendinnen, of beter gezegd: ex-vriendinnen. Danielle was daarop natuurlijk geen uitzondering. 'Aha', knikte ze zo serieus mogelijk. 'En het is uit?'

'Ja, ik heb het gisteren uitgemaakt.'

'Oh? En wat heeft die fotograaf er dan mee te maken? Weet hij het soms?'

John haalde zijn schouders op. 'Het zal wel. Hij heeft ook weten te achterhalen dat Danielle en ik met elkaar dateten. Dat was ook nog maar pril.'

'Wat is pril?'

'Een maandje of zo.'

'En het is nu al weer uit?' Jill kon John echt niet meer volgen.

'Ja, zo gaan die dingen nou eenmaal. Ze was veel te aanhankelijk en wilde me de hele tijd zien en zo. Bah!'

'Dat heb je als je verliefd bent, John. Weet je überhaupt wel wat liefde is?' Nu was het Jills beurt om te grinniken.

'Ik weet het, ik weet het. Ik ben hopeloos. Maar goed. Die fotograaf is er dus op een of andere manier achter gekomen dat wij met elkaar gingen en heeft toen vijf dagen voor haar huis gebivakkeerd. Danielle werd er gek van, maar kon weinig doen. Tot hij haar midden in de nacht de stuipen op het lijf jaagde door aan te bellen en keihard op de ramen te kloppen.'

Een rilling gleed over Jills rug. Fotografen konden soms echt angstaanjagend zijn. Ze was blij dat zij nog aardig met rust gelaten werd, want ze moest er niet aan denken. 'Maar ik heb haar helemaal niet naast je op de rode loper gezien bij de filmpremière van *Halve Maan* vorige week? Ik zag je voorbij-komen op televisie.'

John was voor de verandering een keer alleen op de rode loper verschenen. Of nou ja, alleen... zonder vrouwelijk schoon, bedoelde ze eigenlijk, want hij had een goede vriend opgetrommeld om mee te gaan naar de première. Best een knappe vriend, wist Jill zich nog te herinneren van de beelden op televisie die *Showflits* uitzond.

'Klopt', antwoordde John. 'We hielden het nog graag een beetje geheim. Of beter gezegd: zij wilde het niet met de hele wereld delen. Ze heeft best een bekende naam in ons wereldje, weet je, en ze was volgens mij een beetje bang voor haar reputatie. Dat iedereen over ons zou schrijven en zou zeggen dat ze zo weer ingeruild werd voor een ander blondje.'

John lachte om zijn eigen gedachte. Eigenlijk had ze nog gelijk ook. John wist dat hij niet lang bij Danielle zou blijven. Eigenlijk zoals bij ieder ander meisje.

'Waarvan is Danielle dan bekend?' Jill probeerde zo helder mogelijk na te denken, maar de naam Danielle zei haar niet zoveel.

'Danielle Michel, ken je die niet?'

Er ging nog geen lampje branden bij Jill, al wist ze zeker dat ze die achternaam vaker had gehoord.

'Het nichtje van David Michel. De eigenaar van Red Rose. Dat jeanslabel, je weet wel. Danielle is echt zijn lieveling. Ze heeft ook weleens model gestaan in een van zijn campagnes. Helemaal in het begin, toen Red Rose alleen nog maar bekend was in ons land.'

Jill dacht diep na.

'Danielle is een soort socialite. Zo'n meisje dat bekend is omdat ze er mooi uitziet en zich in die kringen begeeft. Ze wilde eerst zeker weten dat ik bij haar bleef, anders zou het een deuk slaan in haar imago.'

Jill lachte. 'Sjonge jonge zeg, wat een gedoe allemaal. En nu is het dus al weer uit?'

John haalde weer onverschillig zijn schouders op. 'Ach ja, zoals ik al zei: het was niets voor mij. Ik ben er niet echt treurig om. Haha.' Hij lachte. 'Zij wel. Ze was woest en snapte niet waarom. Ze dacht zelfs dat ik een ander had.'

Weer een bulderlach.

'Wat ben je toch ook een eikel, hè, soms!' wees Jill John terecht.

'*I know, I know.* Sorry', zei hij door het lachen heen. 'Maar goed, die fotograaf zal ook wel weten dat het uit is of zo en nu achtervolgt hij mij weer. Ik dacht hem net te zien met zijn telelens toen we langs de Poliusstraat liepen, een stukje terug.'

'Hmm, niet gezien. Maar ik krijg het koud, zullen we verder lopen? Ik snak naar een cocktail en een dansje in Repeat! Misschien is Ashita er ook nog wel. Kom mee! Wat kan die stomme fotograaf ons nou schelen.' Ze pakte zijn knokkelige, slanke hand en sleepte hem mee het steegje uit.

Doordat het donker was had ze de losse steen niet zien liggen waardoor ze voorover struikelde en haar linkerpump verloor. Precies op dat moment keek Jill in de flitslamp van de fotograaf. De bullebak waar John haar net over vertelde. Kut! Gelukkig had John haar stevig vast en viel ze niet met een smak op de grond, maar één ding was zeker: het zag er heel stom uit.

'Hé, klootzak!' riep John de fotograaf na, die het natuurlijk onmiddellijk op een rennen zette. 'Als je mij of een van mijn vriendinnen nog één keer achtervolgt, klaag ik je aan voor stalken. Heb je dat begrepen?!'

Geen antwoord. De fotograaf was na het nemen van de foto onmiddellijk de hoek om gerend en hoorde hen waarschijnlijk al niet eens meer.

'Gaat het?' vroeg John bezorgd. 'Heb je je geen pijn gedaan?' Geschrokken keek Jill in de vragende ogen van John. Ze schudde haar hoofd en voelde een harde lach vanuit haar tenen omhoog komen. Hij werd steeds krachtiger en tegen de tijd dat hij haar mond bereikt had, was de lach getransformeerd tot een heuse bulderlach. De tranen gleden over haar wangen. Het was ook zo'n komisch gezicht. Een bezorgde en boze John, Jill die zelf bijna struikelde in een steegje op haar hoge hakken en dan ook nog die flits vanuit het niets. De penetrante geur die in het steegje hing maakte het plaatje compleet wat Jill betreft en ze kon niet meer stoppen met lachen.

John keek haar hoofdschuddend aan. 'Jij bent echt heel erg dronken, lieve Jill. Kom mee!'

Nog altijd lachend pakte ze Johns hand weer beet en vervolgden ze hun weg naar Repeat.

Snel slikte Jill twee aspirines voordat haar ouders, broertje, oma en Wouter voor de deur stonden. Ze had maar weinig geslapen. Het was zo gezellig in Repeat dat ze pas om halfzes in bed lag. Het was nu twaalf uur en over minder dan een halfuur zouden haar gasten al arriveren. Jill pakte de taart uit de koelkast en sneed die vast aan. Slagroomtaart was echt haar lievelingsgebak, maar als je last had van een kater was dat wel het laatste waar je zin in had, ontdekte ze toen ze met haar vingers de slagroom van het mes likte.

# 15

'Wat heeft dit te betekenen?' Het was maandagmorgen en de krant van vandaag lag opengeslagen op het bureau van Jennifer. De foto onder aan de pagina was op zijn zachtst gezegd shockerend en alleszeggend. Geschrokken graaide Jill de krant van het bureau. 'Wat? Dat meen je niet! Heeft die lul van een fotograaf hem toch geplaatst.'

Oké, ze had het kunnen verwachten. De foto was voor de fotograaf ook te mooi om waar te zijn. Zeker als aanvulling op zijn verhaal over Danielle, de bekende ex van John.

'Is de jonge, knappe Jill – winnares van *Supermodel in de maak* – zijn nieuwe prooi?' stond er in koeienletters onder de foto.

'Wist jij hiervan?' vroeg Jennifer streng. 'Want als dat het geval is, had je het me wel even mogen zeggen. Dit is nooit goed voor je imago.' Weer die boze blik.

Jill voelde zich totaal niet op haar gemak. Opeens leek het lichte kantoor van Jennifer een stuk kleiner dan anders.

'Sorry', stamelde ze ongemakkelijk. 'Ik wist niet dat ze de foto zouden plaatsen. En daarbij, het is niet wat je denkt. De foto klopt niet!'

'Leg mij dan maar eens uit hoe het kan dat je vreselijk dronken met John uit een donker steegje komt gestrompeld midden in de nacht. Ik wil het niet zeggen, maar je lijkt wel een prostituee zo. Je haar hangt wild voor je gezicht en je rokje is veel te ver omhoog gekropen. Echt, Jill, dit kan niet. Het spijt me!' Jennifer klonk oprecht teleurgesteld in haar. 'En hoe kun je nou aanpappen met die gekke John? Je hebt Wouter toch? En is John niet veel te oud voor je? Bah, ik vond hem altijd al een nare man met vrouwen. Zijn relaties gaan nooit langer mee dan een maand.'

Jennifer ratelde aan één stuk door en Jill kon er maar niet tussen komen. Dus staarde ze maar naar die vreselijke foto onder aan de roddelpagina in de grootste krant die het land kende. Het was de foto die gemaakt was toen ze struikelde in het steegje. Daarom hing haar haar ook zo raar voor haar gezicht en daarom was haar rokje ook omhooggeschoven. Omdat ze struikelde, niet omdat ze zo dronken was dat ze niet meer wist wat ze deed. En inderdaad, ze moest toegeven, het leek er ook wel een beetje op alsof zij en John net een intiem onderonsje hadden gehad. Waarom kwamen ze anders midden in de nacht uit een donker steegje? En waarom had hij anders haar middel zo stevig vast? Omdat ze viel natuurlijk, maar dat zag je niet op die verdomde foto! Toen Jennifer uitgeraasd was, vertelde Jill zo rustig mogelijk haar verhaal, al was dat wel moeilijk. Hoe kon Jennifer nou maar één seconde gedacht hebben dat Jill zich zo zou misdragen in een vies, donker steegje? En ze wist toch dat ze iets met Wouter had en dat ze heus niet nog een keer zou vreemdgaan. Eigenlijk, als ze er zo eens over nadacht, was ze best een beetje boos omdat Jennifer aan haar twijfelde. '... en daarom staan we dus zo op de foto', eindigde ze het verhaal.

'Ik had nooit verwacht dat de foto ook direct gepubliceerd zou worden. En helemaal niet in deze context! Ik heb echt niets te maken met het feit dat het nu al over is tussen Danielle en John.'

Jennifer leek al weer een stuk rustiger en schonk een kop thee in voor Jill. 'Welkom in de vreselijke wereld van de paparazzi, Jill. Tot nu toe heb je alleen nog maar leuke publiciteit gehad, maar er komt altijd een moment dat ze een verhaal over je naar buiten brengen dat aan alle kanten stinkt. Ze geven er hun eigen draai aan in de hoop dat ze nog meer nummers verkopen. Zo werkt dat nou eenmaal.'

Jill knikte. Ze kende dit soort dingen wel. Van andere sterren natuurlijk. Ze had nooit verwacht zelf prooi te worden. En het erge was nog wel dat ze vaak ook nog geloofden wat al die roddeljournalisten beweerden in hun blaadjes. Oké, ze nam niet alle verhalen over vreemdgaan, echtscheidingen en andere sores zomaar voor lief, maar iedereen wist: waar rook is, is vuur. Nou, dat was dus echt niet waar, zo wist ze nu. Ze had behalve een leuke soort van vriendschap helemaal niets met John. Alleen de gedachte al bezorgde haar kriebels. Hij was veel ouder en had rare trekjes die ze niet kon thuisbrengen. Dingen waar ze wel keihard om moest lachen, zoals zijn imitatie van de relnicht die ieder weekend als doorbitch voor de deur stond bij Repeat, maar ze was niet verliefd op hem.

'Maar zeg, Jill, wist jij van Danielle? Ik ben nu namelijk stiekem toch een beetje benieuwd of ze echt een relatie hebben gehad.' Jennifer keek Jill nieuwsgierig aan. 'Ik bedoel... het is toch wel een bak dat die arrogante Danielle nu eens een keer openlijk gedumpt wordt door een bekende acteur. Althans, als het geen verzonnen verhaal is.'

Jill moest lachen. 'Jij nieuwsgierige vrouw!' riep ze. 'Stiekem wil je er toch het fijne van weten, hè, nu duidelijk is dat John en ik niets hebben!'

Jennifer knipoogde. 'Natuurlijk, wat denk jij? Ik vind die Danielle maar niets. Ze loopt altijd zo te pochen. Ik zie haar overal in de stad met haar verwende groep vriendinnen. Alsof ze de prinses zelf is.'

Jill keek geheimzinnig.

'Oh, je weet het gewoon, hè!' gilde Jennifer nu opgewonden. De sfeer was in één klap omgeslagen. De gespannen stemming die er hing toen Jill het kantoor van Amazing Models betrad was opgelost als sneeuw voor de zon.

'Jaaa, ik weet er wel iets van, ja.'

'Vertel!'

'Oké, maar niet doorvertellen, hoor. Ik vind het best sneu voor John dat hij nu weer met zo'n lullig verhaal in de krant staat.'

'Ach kind, John slaapt er geen nacht minder om. Geloof mij maar. Die jongen doet het erom. Anders date je toch niet iedere maand een andere pr-waardige vrouw? Zonder al die publiciteit zou er weinig van hem overblijven. Ja, een goede acteur. Maar meer niet, haha.'

Jill haalde haar schouders op. Het leek er zaterdagavond niet echt op dat hij het leuk vond toen ze werden gevolgd door een paparazzo, maar goed. Zij was dan ook alleen maar een vriendin. Geen relatiemateriaal. 'Nou, John heeft inderdaad gedatet met haar, ja. Maar ze was heel erg opdringerig en wilde hem iedere dag zien. Hij werd gillend gek, vertelde hij me. En als hij haar sms'jes niet snel genoeg beantwoordde, hing ze al aan de lijn of er soms iets mis was met zijn telefoon. Dodelijk vermoeiend, noemde John het.' Jill nam even een adempauze en voelde of haar thee genoeg afgekoeld was om te drinken. 'Dus hij heeft haar gedumpt, ja. Maar niemand wist dat ze iets hadden. Dat wilde Danielle opzettelijk nog even stilhouden. Tja, zij is ook niet gek. Ze kende de reputatie van John en was natuurlijk ergens bang om ook weer snel gedumpt te worden. Dan was het beter dat niemand van hun relatie af wist. Maar helaas, die bullebak van een fotograaf was er toch achtergekomen en heeft een week lang in haar tuin gelegen. Hij heeft haar zelfs 's nachts wakker gemaakt. Doodeng!' Jennifer luisterde aandachtig en knikte af en toe. 'Nou, daar was John niet zo blij mee. Danielle belde hem hysterisch op. Hij vond ook dat de fotograaf te ver was gegaan, maar ja, wat kon hij eraan veranderen? Niets toch?'

Jennifer knikte meelevend. 'Maar goed, het is jammer dat ze jou er nu ook bij betrekken. Ik hoop voor jou dat het met een sisser afloopt, maar wees gewaarschuwd. Het kan ook zijn dat de pers nu boven op je duikt, hè. Een bekend persoon die met een ander bekend persoon wordt betrapt is opeens tien keer interessanter. Kijk maar naar David en Victoria Beckham. Of Brangelina!'

Jill, die net een slok van haar thee had genomen, verslikte zich. Niet omdat de thee te heet was, maar omdat ze moest lachen. 'Haha, ben je gek! Je gaat ons toch niet vergelijken met Angelina en Brad Pitt? Ik zie het al voor me. Doe even normaal!'

'Nou ja, ik zeg het alleen maar even tegen je. Ik ken de paparazzi. Ze kunnen gekke dingen doen als ze je eenmaal in het vizier hebben. Ik hoop echt dat niemand morgen nog weet van jullie nachtelijke uitstapje, maar de kans bestaat dat dit verhaal een staartje krijgt.'

Overtuigd van het feit dat het gebroken hart van socialite Danielle een stuk interessanter was dan het misverstand over haar en John, liep Jill om halftien 's morgens opgelucht weer het kantoor uit van Jennifer. Met een krant onder haar arm. Als leuk aandenken voor later. Dit moest ze trouwens ook echt aan haar vriendinnen laten zien. Die zouden het in hun broek doen van het lachen. Dat was zeker!

# 16

Om twaalf uur 's middags stond haar telefoon roodgloeiend.
Het begon met haar moeder. 'Schat, ik krijg net van de
buurvrouw een krant waarin jij staat met een heel rare foto.
Ik maak me een beetje zorgen om je. Je doet toch geen gekke
dingen, hè?'
Toen hing Britt aan de lijn. 'Oh, my god! Wat deed jij midden
in de nacht met John van Vlught in een steegje? Aaaah! Zoent
hij goed? Wow, je begint nu echt heel bekend te worden! Er
liggen zelfs paparazzi voor je op de loer. Hoe stoer is dat!'
Met moeite kon Jill de waanbeelden uit Britts hoofd praten.
Ze verslond alle roddelbladen en vond het feit dat haar
vriendin nu een ereplaats had gekregen op haar favoriete
pagina, belangrijker dan het feit dat ze misschien wel was
vreemdgegaan of beter gezegd: dat de indruk gewekt werd
dat ze was vreemdgegaan.
Amber en Jansje reageerden niet zo enthousiast. Ze vonden
het niets voor haar om er zo uit te zien. Of om opeens met
zo'n bekend iemand om te gaan die voor geen meter te
vertrouwen was. Want ja, dat kon Jill toch lezen in dat artikel
over Danielle?! En ze waren ook stiekem nog een beetje
verbolgen over het feit dat Jill toch nog een spectaculaire

verjaardag had gehad, zonder haar beste vriendinnen.

Het ergste telefoontje kwam van Wouter. Jill had zich geen moment zorgen gemaakt over het feit dat hij misschien wel kon denken dat ze vreemdging met John. Zelf vond ze het namelijk een volslagen idioot idee en iedereen snapte toch hopelijk wel dat ze niet in een of ander vies steegje met een veel te oude acteur ging lopen tongen? Hallo, wie dachten ze wel niet dat ze was! Toch klonk de stem van Wouter een stuk minder begripvol dan ze had gehoopt. 'Ik zie net de krant. Mijn zus had het gelezen. Wat moet ik hier van denken, Jill?' had hij haar bars gevraagd. De kilte in zijn stem was duidelijk hoorbaar.

'Ik heb je gisteren toen je hier was toch verteld dat ik met John mijn verjaardag heb gevierd? En dat we daarna naar Repeat zijn gegaan waar de rest van mijn vrienden ook was. Ik heb echt niets met hem gedaan, hoor. We waren even gevlucht voor die fotograaf. Alleen had hij ons toch gevonden, tja, wat kan ik daar aan veranderen? Ik sta toch niet zoenend met hem op de foto?' Jill ratelde aan één stuk door om haar gelijk te bewijzen. Oké, Wouter had niet gezegd dat ze weer was vreemdgegaan, maar iets in zijn stem klonk veroordelend.

'Dat zeg ik ook niet', antwoordde Wouter aan de andere kant van de lijn. 'Maar je kunt je misschien wel voorstellen dat het voor mij heel gek is om in de krant te lezen dat mijn vriendin wel eens de nieuwe lover van een of andere acteur kan zijn. Dan twijfel je toch even. Ja, sorry. En ik vond je gisteren ook al een beetje afwezig. Alsof je ergens anders zat met je gedachten.'

'Kom op, Wouter! Ik was gisteren gewoon moe van die nacht ervoor. En je ziet toch zelf ook wel dat John helemaal niet mijn type is? We zijn echt alleen maar vrienden. Ik kan gewoon vreselijk met hem lachen en hij weet tenminste hoe alles werkt in dit wereldje en zo. Dat vind ik gewoon fijn. Ik had toch verteld hoe saai het was op die afterparty van Doody Fashion en dat John me toen mee heeft genomen naar een cocktailbar? Nou, dit was vlak daarna. En ik was wel een beetje dronken en zo, maar niet zo erg als op de foto lijkt. Ik struikelde en John pakte me vast zodat ik niet viel. Nou, stomme pech, maar precies op dat moment maakte die achterlijke vent een foto.' Het huilen stond haar nader dan het lachen. Eerst leek het nog een leuke grap, maar ze had zich nu al zo vaak moeten verdedigen dat het echt niet meer leuk was.

'Oké, maar waarom heb je me dan niet van die fotograaf verteld? Dan had ik het al geweten. Nu schrik ik me dood. Ik zit hier, jij zit daar. Ik zie je al veel minder de laatste tijd. En dan ga je ook nog eens naar al die hippe feesten en zo. Ik weet soms echt niet meer zo goed of je me nog wel leuk genoeg vindt. Je hebt zo'n spannend leven nu daar.'

Jill voelde een steek in haar hart. Hoe kon Wouter dat nu denken? Ze was dol op haar vriendje! 'Doe eens even heel snel normaal, lieffie! Natuurlijk ben ik nog gek op je. Hallo, jij bent tien keer leuker dan al die stomme modellen en acteurs, hoor. Die zijn alleen leuk om als vrienden te hebben. Niet om mee te daten!' Jill had Wouter nog een halfuur aan de telefoon gehad en hem beloofd dit weekend langs te komen.

Toen ze ophing en dacht dat ze het ergste wel had gehad, rinkelde haar telefoon weer. Het was Jennifer.

'Jill, ik word net gebeld door *Showflits*. Er schijnen nog meer foto's van jullie te zijn opgedoken.'

'Wat?' reageerde Jill verbaasd.

'Van toen jullie samen het feest verlieten. Ik geloof dat er al wel zeker twaalf blogs de foto's hebben geplaatst en er is een vrouw die beweerd jullie te hebben gezien in de wc's op dat feest. Ze was ook een van de gasten op de afterparty. Ze zegt dat jullie heel dicht tegen elkaar aan stonden en dat John tegen jou zei dat hij een rustiger plekje met je wilde opzoeken. Nou, dat verhaal is nu natuurlijk helemaal uit zijn verband getrokken.'

Shit, shit, shit! Jill vloekte binnensmonds en wenste oprecht dat ze nooit haar achttiende verjaardag had gevierd. Hoe kon dit stomme verhaal nou zo opgeblazen worden?

'Wat moet ik nou doen?' vroeg ze wanhopig. 'Het liefst zou ik nu onder de dekens kruipen en er pas weer onderuit komen als dit allemaal voorbij is.'

'Ach, lieffie toch', probeerde Jennifer haar te troosten. 'Zo erg is het nou ook weer niet. Ik zeg wel tegen *Showflits* dat ze je vanavond live mogen interviewen in de uitzending en dan kun je ze zelf vertellen dat er helemaal niets is tussen jullie en dat jij en John gewoon vrienden zijn. Meestal helpt het om een proactieve houding aan te nemen ten opzichte van de pers. Oké?'

Jill slikte de brok in haar keel weg. 'Oké, is goed. Laat ze mij maar bellen. Ik ga nu ophangen. Ik wil John graag even spreken. Hij zal ook wel last hebben van dit alles.'

Tevergeefs probeerde ze John te pakken te krijgen, maar hij had zijn telefoon uit staan en tegen de tijd dat *Showflits* begon had ze nog altijd niets van hem gehoord. Nou ja, hij zou wel expres zijn telefoon uitgezet hebben om alle ellende buiten de deur te houden. Jill hoopte maar dat hij het niet erg vond dat ze *Showflits* te woord stond. Ze zou het alleen maar over hun situatie hebben en geen woord reppen over Danielle. Dat arme meisje zou ook wel balen als een stekker. Ze mocht dan wel verwaand zijn, zoals Jennifer zei, het was nooit leuk als je liefdesverdriet breed werd uitgesmeerd in de pers.

Om vijf over zeven rinkelde haar telefoon. *Showflits.* Eerst kreeg ze een redacteur aan de lijn die nog even de laatste kleine dingetjes met haar doornam, voordat ze werd doorgeschakeld naar de studio waar de presentator haar live in de uitzending een aantal vragen stelde. In alle kalmte – nou ja, haar hartkloppingen waren bijna door de telefoon te horen en de rode vlekken in haar nek waren extreem, maar gelukkig zag je dat niet via de telefoon – vertelde ze haar kant van het verhaal. Zoals het echt was gegaan. Toen de presentator haar vroeg naar Johns relatie met Danielle, antwoordde ze stellig dat ze niet op de hoogte was van het liefdesleven van John. Of de presentator haar geloofde was een andere zaak, maar hij vroeg er gelukkig niet over door. Twee zware minuten later was het gesprek voorbij en kon Jill eindelijk weer ademhalen. Haar hoofd bonkte en ze voelde zich opeens vreselijk moe. Ze pakte een groot glas water in de keuken, slikte twee aspirines en kroop lekker warm in bed. Haar telefoon zette ze uit. Eindelijk, rust! Die nacht had Jill een nachtmerrie over de fotograaf, die haar achtervolgde en geen moment met rust liet. Zelfs toen ze in haar eentje emigreerde naar de Noordpool, wist hij haar nog te traceren. En de Noordpool bleek in haar dromen ook nog eens helemaal geen rustige plek te zijn. De ijsschotsen zaten vol met huilende vrouwen. Allemaal exen van John.

# 17

'Schoonheid! Hoe is het met je? Ben je je eerste aanvaring met de roddelpers te boven? Het was me wat, hè!' Precies anderhalve dag na het stuk in de krant belde John haar eindelijk terug. 'Jeetje, man, waar heb jij gezeten? Ik heb je zo vaak proberen te bellen. Je had wel iets eerder wat van je mogen laten horen. Ik wist echt niet meer wat ik moest doen.' 'Sorry, het spijt me. Echt. Ik had gewoon even mijn telefoon uitgezet. Ik had geen zin in een roodgloeiende lijn. Maar je hebt het goed opgelost. Ik hoorde je in de uitzending van *Showflits*. *Well done.*' Johns stem klonk zo warm en oprecht dat ze niet lang boos op hem kon blijven.

'Dank je, ik ben blij dat ik het gedaan heb', antwoordde Jill al een stuk minder aangebrand. 'Ik ben gisteren nog maar twee keer gebeld door een journalist en mijn opdrachtgevers hebben ook niet geklaagd bij Jennifer. Stel je voor dat ze dachten: wij hoeven dat dronken meisje niet meer voor onze klussen!'

'Joh, wees niet zo streng voor jezelf. Zo hard gaat dat nou ook weer niet. Je bent niet met je neus boven een spiegel cocaïne betrapt zoals Kate Moss, lieve Jill. Het was gewoon een lullige foto, meer niet.'

Jill wist dat John gelijk had, maar toch had ze er wel even over in de rats gezeten. Zeker na de preek van Jennifer maandagmorgen.

'Hoe is het nu met jou? Word jij nog veel lastiggevallen?'

'Ach,' klonk de stem van John kalm, 'mijn voicemail stond vol met journalisten die me alles wilden vragen over mijn relatie met Danielle, maar ik heb gewoon niets van me laten horen. Ze houden vanzelf wel weer op. Ik zit er niet zo mee. Ik heb het al zo vaak meegemaakt. *It's part of the job*, zeggen ze dan, hè.'

John lag er geen nacht wakker van, dat had Jill al wel in de gaten.

'En Danielle? Heb je die nog gesproken?'

John lachte. 'Hou op, schei uit! Dat mens heeft me zowat gestalkt! Ze was over de rooie! Hoe ik haar zo voor schut had kunnen zetten? Nou, sorry,hoor, maar ik heb die foto's niet gemaakt en ik heb dat verhaal niet geschreven.'

'Ja, precies', reageerde Jill.

'Ach, en toen eiste ze dat ik de pers zou vertellen dat ik haar niet had gedumpt. En dat we samen hadden besloten dat een echte relatie niet zou werken. Dat we daarvoor allebei te druk waren. Nou, sorry, maar dat gaat me dus echt te ver. Ik hoef me nergens voor te verontschuldigen, ja, toch?'

Die arme Danielle, dacht Jill aan de andere kant van de lijn. Wat zou zij zich nu rot voelen! Publiekelijk gedumpt worden moest vreselijk zijn!

'Oh ja', ging John verder. 'Ze geloofde ook niet dat wij niets met elkaar hadden. Ze vond het be-la-che-lijk' – John probeerde haar hoge piepstem te imiteren – 'dat ik haar inruilde voor zo'n jong onnozel ding. Sorry, dat ben je natuurlijk niet, maar dat zijn haar woorden.'

Jill hoorde een glimlach in de stem van John. Hij vond het allemaal erg grappig blijkbaar. 'Oh? En wat zei ze nog meer?' vroeg ze een tikkeltje bezorgd.

'Wil je het echt weten?'

'Ja, natuurlijk wil ik het weten!'

'Nou, dat als zou blijken dat we toch wel iets met elkaar hebben, ze er alles aan gaat doen om je zwart te maken. Ze kan duidelijk niet tegen haar verlies.'

Jill voelde hoe haar hart oversloeg. Shit, dit klonk allemaal wel heel erg serieus.

'Maar, mop, maak je geen zorgen, hoor. Ik heb haar echt duidelijk gemaakt dat wij alleen vrienden zijn en dat die breuk niets met jou te maken had.'

'En daar is ze nu van overtuigd?' vroeg Jill angstig.

'Ja, dat weet ik bijna zeker.'

Ze praatten nog wat over koetjes en kalfjes en aan het einde van het gesprek was het hoofdstuk afgesloten. Jill beloofde John dat ze zich niet meer druk zou maken over het pijnlijke voorval en hij nodigde haar uit om een keer bij hem thuis te komen eten. Als goedmakertje voor alle ellende die hij haar had bezorgd zou hij haar trakteren op zijn beroemde homemade lasagne. Een geheim recept uit Italië, van zijn overgrootmoeder gekregen. 'Tot snel dan maar!' eindigde Jill het gesprek twintig minuten later. Ze legde haar telefoon opzij en en vulde haar longen met een flinke teug adem.

'Echt, mam, pap en jij hoeven je geen zorgen om me te maken! En zeg maar tegen oma dat ze niet alles moet geloven wat er in die blaadjes staat. Oké? Wel zeggen, hè!'

Haar moeder knikte. 'Zal ik doen. Pas goed op jezelf. En haal maar niet meer van die rare fratsen uit. Wouter was ook helemaal van streek, dat heeft hij je toch wel verteld, hè?' Jill zuchtte diep en het kostte haar moeite om de rust te bewaren. 'Maaaaam, ik weet het wel! Je hebt het nu al zo vaak gezegd. Het gebeurt niet nog een keer, heus, ik ben model, geen celebrity. Oké? Nou tevreden? Ik zal voortaan alleen nog op de foto te zien zijn als ik er dik voor betaald heb gekregen.'

Het hele weekend had Jill zichzelf moeten verdedigen. Toen ze zaterdagmiddag met haar broertje door haar oude dorp liep om nieuwe voetbalschoenen voor hem te kopen, hoorde ze zelfs mensen fluisteren als ze langsliep. Zwaar irritant en Jill had echt de neiging om te schreeuwen: 'Hé, ik hoor jullie wel, hoor! Als er wat mis is, kun je dat ook wel gewoon tegen me zeggen!' Maar ze had zich weten in te houden. In hun dorp gold de regel: doe maar normaal, dan doe je al gek genoeg. En zogenaamd daten met een bekende acteur was *far beyond* normaal doen.

'Maar dat snap je toch wel?' had Amber verbaasd geantwoord toen Jill 's avonds haar beklag had gedaan. 'Voor ons is het al maf wat jij allemaal meemaakt, maar voor buitenstaanders moet het helemaal een aparte vertoning zijn. Je kunt ze echt niet kwalijk nemen dat jij een leuk onderwerp van gesprek bent. Ja, sorry, hoor!'

Jill was teleurgesteld in haar vriendin. Waarom nam ze het niet voor haar op? Natuurlijk, ze had ook wel een ietsie-pietsie beetje gelijk (toen David Helden drie jaar geleden het Europees Kampioenschap motorcrossen had gewonnen, keek ook heel het dorp met argusogen naar hem, inclusief Jill en haar vriendinnen), maar ze had gewoon gehoopt dat haar vriendinnen pal achter haar zouden staan. Hoe pijnlijk het ook was om toe te geven, ze merkte steeds meer dat zij en haar oude vriendinnen uit elkaar groeiden. Gisteren bijvoorbeeld, toen hadden haar vriendinnen hun vaste zondagavond afgezegd omdat ze naar de verjaardag van een meisje uit hun klas gingen. Dat meisje was net een halfjaar geleden naar hun dorp verhuisd en wilde indruk maken met een groot feest. Heel de klas was uitgenodigd, dus ook Amber, Jansje en Britt. Ze hadden er nog zin in ook! Dat stak haar nog het meeste. Hun zondagavondritueel werd gewoon opzijgeschoven voor een suf, nieuw kind uit hun klas. En dat terwijl Jill nog maar zelden aanwezig was op hun vaste zondagavond.

'Je mag wel mee', had Jansje twijfelachtig opgemerkt. 'Sophie vindt het vast niet erg als er nog één iemand meer komt. Echt niet.' Maar Jill had vriendelijk bedankt. Ze kende al die mensen toch niet zo goed en wist bovendien niets van alles wat er speelde in hun klas. Dan zou ze er ook maar een beetje voor jandoedel bij staan. Nee, dan maar een avondje op de bank met haar ouders.

'Oké, je trein komt eraan, lieverd. Nou, ik hou van je en tot snel!' Haar moeder had haar net naar het station gebracht. Het was maandagmorgen en vanmiddag moest ze nog twee uurtjes naar school. Jill stapte de trein in en zwaaide druk naar haar moeder. 'Dag, mam! Tot snel!'

'Echt, wat een stom wijf! Ik snap er echt niets van dat ze me een onvoldoende heeft gegeven. Ze heeft gewoon de pik op me. Ik heb zelfs nog nooit een onvoldoende gehad voor Duits!'

Het was maandagavond en Jill en Simone zaten in hun pyjama op de bank met een dampende kop thee. Simone was zo lief om de klaagzang van Jill aan te horen nadat ze op school een zware preek had gehad van haar mentrix en tevens lerares Duits.

'Jill, wil je na de les even bij me komen?' had de oude tang tijdens het uitdelen van de nagekeken proefwerken opgemerkt. Jill snapte meteen waarom. Op haar proefwerk stonden meer rode strepen dan ze ooit had gezien. In een lelijke rode cirkel in de rechterhoek stond het cijfer 2,4. Dat kon toch niet?

'Zo, Jill, dat was niet zo'n mooi cijfer, hè?' zei mevrouw Konings terwijl ze streng over haar leesbrilletje keek. Mevrouw Konings was echt een kreng. Ze had zogenaamd het beste met je voor, maar ondertussen gaf ze je doodleuk een 2,4, terwijl je uren had zitten ploeteren op je proefwerk Duits. Oké, nu moest Jill heel eerlijk toegeven dat ze van die uren ploeteren beter minuten ploeteren kon maken. Niet heel slim natuurlijk, maar het modellenwerk vergde best veel tijd en ze was het weekend voor het proefwerk ook flink wezen stappen met Simone, wat misschien ook niet echt bevorderlijk was voor haar leervermogen, maar ach.

'Ik heb eens even naar je andere cijfers gekeken en die waren ook niet zo denderend. Ik snap dat je het druk hebt met je carrière, maar Jennifer heeft je niet voor niets hier op school gezet. Vergeet niet dat je zonder diploma nergens bent, hè. Nu kun je misschien wel een leuk zakcentje verdienen met al dat modellenwerk, maar als je straks ouder bent wil niemand je meer hebben en dan kun je nergens op terugvallen als je geen diploma hebt.'

Jill wilde mevrouw Konings graag een sneer teruggeven,

maar ze had er de kracht niet meer voor. Ze liet haar maar razen. Zogenaamd goedbedoelde adviezen en preken gingen bij Jill het ene oor in en het andere oor uit.

'Ik mocht haar ook nooit, hoor', stond Simone haar bij. 'Toen ik vorig jaar een Duits mondeling had, lachte ze me gewoon recht in mijn gezicht uit. Ik weet het zeker! Nou, kan ik het helpen dat ik al die suffe Duitse woorden gewoon niet zo gemakkelijk uit kan spreken? Ik bedoel: wat hebben we eraan? Ja, toch?'

Jill glimlachte. Het was soms heerlijk om een huisgenote te hebben. En zeker zo'n lieverd als Simone.

'Dat vind ik ook', antwoordde ze. 'Kijk, voor Frans wil ik best goed mijn best doen. Die taal hebben we nog nodig als we straks in Parijs doorbreken, maar al dat stomme Duitse gezeik is echt totaal geen aanvulling op mijn leven.'

'Tenzij je ooit verliefd wordt op een Gunter of Bernd, dan kan het nog weleens handig zijn.' Simone keek Jill lachend aan.

'Nee, man. Ik heb Wouter al. Ik heb geen Gunter meer nodig.'

'Precies', knikte Simone. Ze kreeg een ondeugende blik in haar ogen. 'En als je Wouter zat bent, heb je altijd John nog.'

Jill pakte het kussen dat op haar schoot lag en sloeg Simone er net zolang mee totdat ze haar woorden terugnam.

# 18

'Het is dus zo goed als rond.' Jennifer en Jill zaten in een
nieuw hip lunchcafé in de stad achter een bord pompoensoep
en Jennifer had goed nieuws.

'Dus je denkt dat ik campagnes mag doen voor Red Rose?'
Jennifer knikte enthousiast. 'David Michel was erg over je
te spreken. Nog steeds. Hij wil graag over een maand een
testshoot met je doen en als die goed gaat, mag je misschien
wel mee naar New York voor de wereldwijde campagne van
Red Rose.'

Jill kon haar oren haast niet geloven. Dit kon echt haar grote
doorbraak betekenen. Maanden nadat ze uren op hem had
zitten wachten in restaurant Bertoir, had ze hem een paar
weken geleden eindelijk ontmoet op een feestje en hij was
nog steeds onder de indruk. Twee weken geleden had hij
Jennifer gecontacteerd en de onderhandelingen waren op dat
moment in volle gang. Vanmorgen had hij Jennifer gebeld
en gezegd dat Jill was geselecteerd voor de testshoot en
grote kans maakte op een van de hoofdrollen in de nieuwe
campagne. En dat waren niet zomaar een paar campagnes.
Het merk stikte van het geld en had een marketingbudget om
u tegen te zeggen.

'Ik vind het zo spannend', zei Jill met een mond vol zuurdesembrood. Ze dipte het overgebleven stukje brood in de truffelolie die op tafel stond.

'Hoe gaat het eigenlijk op school?' vroeg Jennifer toen de jonge en ultrahippe serveerster hun borden van tafel ruimde. Jill voelde dat ze rood werd. Shit, mevrouw Konings had toch niet stiekem Jennifer opgebeld? 'Och', mompelde ze. 'Het gaat z'n gangetje.'

'Red je het nog wel?' vroeg Jennifer. 'Je hebt het de laatste tijd zo druk gehad met je modellenwerk. Eerst die shoot voor *ELLE* en toen nog die commercial voor dat kappersmerk. Houd je nog wel tijd over om te studeren? Anders moet je het tijdig laten weten, dat weet je, hè? Ik wil wel dat je aan het einde van het schooljaar je diploma haalt natuurlijk.'

Jill kreeg het steeds benauwder. Moest ze Jennifer vertellen over haar matige prestaties van de afgelopen maanden? Zo meteen mocht ze niet meer werken van Jennifer. Of ze zou de shoot voor Red Rose afzeggen, dat mocht echt niet gebeuren. 'Nee, hoor, maak je maar geen zorgen. Ik red het nog wel.'

Jennifer knikte tevreden. 'Fijn. Zeg...' Ze keek op haar horloge. 'Ik weet dat het nog maar halftwee is, maar wat dacht je van een glaasje bubbels? Om te vieren dat je Red Rose bijna binnen hebt als klant.'

Een glimlach verscheen om Jills mond. 'Daar zeg ik geen nee tegen', grinnikte ze.

'Ober, champagne graag!'

Jill vertelde Jennifer maar niet dat er thuis nog stapels huiswerk op haar lagen te wachten. Kom op, zeg, je sleepte niet zo vaak een klant als Red Rose binnen (nou ja, bijna dan). School kon best wel even wachten. Dat moesten die leraren maar begrijpen.

De tranen stroomden over Jills wangen. Het was ook zo'n komisch gezicht. Zo'n magere vent als John met een gigantisch gespierde torso. Niet dat hij halfnaakt rondliep door de keuken, maar op het schort dat hij droeg stond de afbeelding van een naakt mannenlichaam. En dan die koksmuts die hij erbij op had gezet. Alsof hij Jamie Oliver zelf was.

'Nou, meneer de chef-kok, ik ben nu wel reuzebenieuwd naar die lasagne van je. Hij schijnt nog beroemder te zijn dan jij.'

John haalde zijn vinger door de zelfgemaakte tomatensaus en likte het er goedkeurend vanaf. 'Hmm, ik heb mezelf weer overtroffen. Proef maar.' Johns vinger ging naar de mond van Jill.

'Wow, dit is echt goed!' Jill was aangenaam verrast door de kookkunsten van John. Ze had eerlijk gezegd niet verwacht dat hij goed kon koken. Hooguit een eitje of zo. Dat hij dan ieder weekend bakte voor al zijn vriendinnetjes. Toegeven, John verbaasde haar vandaag wel meer. Zijn huis bijvoorbeeld. Heel anders dan ze had gedacht. Ze wist bijna zeker dat John zo'n kaal, modern vrijgezellenhok zou hebben met een grote flatscreentelevisie als absolute eyecatcher. Maar niets bleek minder waar toen ze vanavond voor het eerst zijn huis binnenstapte. De muren waren in warme, zachte tinten geverfd en er hingen prachtige kunstwerken aan de muur. Ook de antieke eettafel in de keuken paste niet bij het beeld dat ze van John had. Zijn hele huis was eigenlijk veel te stijlvol ingericht voor een echte vent.

'Zo, jij hebt je zeker scheel betaald aan een interieurstyliste', riep Jill vol verbazing toen ze een rondleiding kreeg door zijn huis.

'Nee, hoor', had hij een tikje beledigd opgemerkt. 'Ik heb alles zelf ingericht. Vind je het mooi?'

Jill was met stomheid geslagen.

'Hoe gaat het eigenlijk met je vriendje?' vroeg John terwijl hij de ovenschaal vulde met de lasagnebladen. Jills ogen begonnen te stralen. 'Zeg maar niets', antwoordde John snel. 'Ik zie het al aan je ogen. Nog steeds smoorverliefd.'

Jill staarde in haar glas rode wijn. 'Ja, best wel, ja. Oké, niet meer zo erg als in het begin, maar ik vind het nog steeds fijn om met hem te zijn.'

'Ik vind het ook wel een knappe jongen, hoor.' John zette de schaal lasagne ondertussen in de oven. 'Niet zo knap als ik natuurlijk, maar hij mag er wezen.'

Een speelse por belandde in Johns zij. 'Nee, maar ik ben nog steeds dol op hem. Echt. Maar het is soms wel moeilijk, merk ik. Ik krijg steeds meer mijn eigen leventje hier en zijn leven daar gaat natuurlijk ook gewoon door. Het is wel passen en meten soms, zal ik maar zeggen. En jij?' vroeg Jill nieuwsgierig. 'Verlang jij niet naar de ware liefde na al die kortstondige affaires? Wil je geen huisje, boompje, beestje? Je wordt ook een jaartje ouder...'

Even leek het alsof de sprankelende ogen van John overschaduwd werden door een vleugje verdriet. 'Ach', haalde hij nonchalant zijn schouders op. 'Echte liefde is mooi, maar soms ook onmogelijk.'

'Hoezo?' vroeg Jill door. 'Heb je al weleens iemand ontmoet dan waar je echt smoorverliefd op was?'

Weer die blik in zijn ogen. 'Misschien, maar dat is nogal ingewikkeld.'

Jill sprong behendig op het aanrecht. Hier moest ze even goed voor gaan zitten. John, de grootste rokkenjager van de

stad, kende ook echte liefde! 'Vertel nou!' drong ze aan.
'Ach, nee. Dat is een lang verhaal. Misschien vertel ik het je
ooit nog wel. Nu is het niet de juiste tijd, echt niet.'
Verwachtingsvol keek Jill haar nieuwe vriend aan. 'Je maakt
me nu wel heel erg nieuwsgierig, John. Als je ergens aan
begint, moet je het ook afmaken. Kom, voor de draad ermee!'
John schudde zijn hoofd. 'Sorry, ik wil er echt niet over
praten nu. Kom, we gaan de tafel dekken. Oh, en schenk me
nog eens een glas wijn in. Het mijne is alweer leeg!'
Jill sprong verslagen weer van het aanrecht af. Wat het
ook mocht zijn, dacht ze, John had veel meer diepgang en
gevoel dan de media deden voorkomen. Hij bleef haar maar
verbazen.

Een uur later zaten ze boven een dampend bord lasagne aan
de antieke tafel van John. Jill genoot zichtbaar.
'Dit is echt goddelijk', kreunde ze na haar derde hap. 'John, je
bent de beste lasagnebakker van het land. Echt waar!'
John grijnsde. 'Hé, als ik zeg dat mijn lasagne beroemd is,
dan is hij ook echt beroemd, schatje! Nog een wijntje?'
'Lekker', antwoordde Jill met een volle mond.
John liep naar de kelder om een nieuwe fles Merlot open te
trekken toen de deurbel ging. 'Doe jij even open Jill?' gilde hij
vanuit de kelder. 'Het zal wel iemand van de collecte zijn. Ik
heb nog wat kleingeld in dat houten kastje in de gang liggen.
Pak maar.'
Jill veegde haar mond af aan het kraakheldere servet en liep
naar de voordeur. Weer ging de bel. 'Ja, ja, rustig. Ik kom al',
mompelde ze geïrriteerd. Die collectanten werden ook steeds
brutaler leek het wel.
'Wat doe jij hier?!'

Verschrikt keek Jill in de wijd openstaande ogen van Danielle, de boze ex van John en het nichtje van David Michel. 'Sorry', stamelde ze. 'John was even in de kelder en hij vroeg of ik open wilde doen.' Ze stak haar hand uit. 'Ik ben Jill, kom binnen.'

Danielles hoofd leek nu bijna te ontploffen van woede. 'Ik weet wie je bent', siste ze. 'Wat doe jij hier? Een beetje mijn man afpakken, hè.'

Jill wist niet of ze moest lachen of huilen en koos door alle spanning maar voor het eerste. Een lach ontschoot haar. 'Sorry', hikte ze. 'Ik weet niet waar je het over hebt, ik pak helemaal niemands man af.' Weer een lach. 'Maar nogmaals, kom gerust binnen. We eten lasagne, wil je ook een bordje?'

Jill had Danielle niet veel bozer kunnen krijgen. Ze kon ieder moment als een agressief konijn gaan stampvoeten. John hoorde dat Jill nog steeds bij de voordeur stond en kwam maar even kijken wat er aan de hand was. 'Danielle!' riep hij verbaasd. 'Wat doe jij hier?'

'Wat ik hier doe?' gilde ze nu. 'Dat kun je beter aan haar vragen.' Danielle wees fel naar Jill en als blikken konden doden, lag Jill nu al lang en breed in het mortuarium.

'Ah, je hebt Jill al ontmoet', antwoordde John kalm. 'Zoals ik al eerder verteld heb is Jill een goede kennis van mij. Niets om je druk over te maken.' Hij haalde even adem en zei: 'En zelfs als ze mijn geliefde was, dan nog had je er geen barst mee te maken, want tussen ons is er niets meer.'

Tranen fonkelden in de ogen van Danielle. 'Ik ben nog nooit zo vernederd door iemand. Hoe durf je me in te ruilen voor een meisje van zestien, zeventien? Hoe oud is ze eigenlijk? Mag je überhaupt wel met haar naar bed? Of is dat nog strafbaar?'

Jill wilde zeggen dat ze achttien was en dat ze nog nooit hadden gezoend, maar Danielle raasde verder. 'Oh nee, wacht. Je ging niet zomaar met iedereen naar bed, hè. Pas als de relatie heel stabiel en speciaal was. Pfff, nou, wat een onzin! Je vond me gewoon al die tijd al niet leuk, hè? Daarom wilde je geen seks met mij!'

Jills ogen werden groot. Hadden ze niet eens seks gehad? Hmm, vreemd. Jill dacht dat zo'n casanova als John in de eerste nacht al meteen alle remmen losgooide, maar niets bleek dus minder waar. Weer zo'n vooroordeel dat niet bleek te kloppen.

Aan de overkant van de straat trok iemand de gordijnen open. Het gejammer van Danielle bleef niet onopgemerkt. John zag het ook. 'Ssst, schreeuw niet zo hysterisch. De hele buurt kan meegenieten. Zo meteen belt iemand weer de krant en voor je het weet staat er weer zo'n roedel rotfotografen voor de deur.'

De gedachte dat ze straks weer als afgewezen vrouw op de roddelpagina zou belanden deed Danielle ophouden met schreeuwen. 'Als je maar niet denkt dat ik het hierbij laat', siste ze boos en ze keek Jill recht in de ogen. Woest draaide ze zich om en met ferme passen verdween ze.

'Wow, wat was dat nu weer?' hijgde Jill geschrokken toen John de voordeur achter zich dichttrok.

Hij haalde zijn schouders op. 'Dat wijf is echt een beetje gestoord, hoor. Ik hoorde al van mijn buurman dat ze deze week wel vaker voor mijn huis heeft gestaan, maar ik was vaak tot laat in de studio's voor opnames.'

'Ze denkt echt dat wij wat hebben, hè?' zei Jill toen ze op de immense bank waren geploft met een nieuw glas wijn in de hand.

'Ach, misschien wel, ja. Maar ik lig er niet van wakker. Jij toch hopelijk ook niet?'

Jill dacht even na. Danielle was natuurlijk wel het nichtje van... en de gedachte dat ze nu naar haar oom zou gaan en Jill belachelijk zou maken was wel even door haar hoofd geschoten, ja. Dat kon ze echt niet gebruiken, hoor, een week voor de testshoot. Iedereen wist dat Danielle een van de lievelingsnichtjes was van David. *No way* dat zij Jill de Red Rosecampagne door de neus zou boren.

'Waar denk je aan?' vroeg John, die haar bezorgde blik opmerkte.

'Oh, nergens aan. Ik zit er ook niet mee.' Jill stak haar glas uit naar John en zei: 'Proost, op onze vriendschap die iedereen blijkbaar nogal raar vindt.'

John grinnikte. 'Proost!' Ze namen allebei een flinke slok.

'Je moet wel doordrinken, hoor', zei John. 'Want je gaat niet eerder naar huis dan dat de fles leeg is.'

Om halftwee 's nachts stapte Jill licht wankelend in de taxi die John voor haar besteld had. 'Zorg je ervoor dat dit beeldschone meisje veilig thuiskomt?' drukte John de taxichauffeur op het hart. De chauffeur knipoogde naar John en reed weg.

# 19

'Leg je linkerbeen iets meer naar achteren. Ja, zo, ja. En je kin een klein beetje meer omhoog. Precies, heel mooi.'

Klik, klik, klik. De fotograaf schoot erop los. Jill zat op een leren chesterfield bank in een grote fotostudio in de stad. David en Jennifer stonden achter de fotograaf en glimlachten haar bemoedigend toe. Vanuit haar rechterooghoek zag Jill dat Jennifer haar duim omhoog stak. *Yes, in the pocket*, dacht Jill. Als de testshoot nu nog misging, dan wist ze het ook niet meer.

'Ja, volgens mij hebben we ze. Kom maar hier.'

Zeker duizend poses en twintig minuten later was de fotograaf klaar. Jill ook. Ze had alles gegeven en voelde hoe de energie uit haar lichaam vloeide. Voor de laatste foto's had ze echt alle restjes energie en passie uit haar lichaam moeten wringen, maar het was gelukt. De belangrijkste shoot uit haar carrière zat erop. Nu maar hopen dat David en zijn team tevreden waren. Wow, dat zou toch echt wel zo ontzettend cool zijn. Zij het gezicht van Red Rose. Ze kon nauwelijks bevatten dat ze zo dicht bij een wereldwijde campagne stond. Toen Jill van de set liep, kwam Jennifer op haar afgestormd.

'Je deed het geweldig. David leek erg tevreden', fluisterde

ze in Jills oor. 'Nu maar hopen dat het andere model het er minder goed van afbrengt.'

Jill was zo opgegaan in haar eigen shoot, dat ze even was vergeten dat ze nog een tegenstandster had. Er was nog een model in de race om het gezicht van de nieuwe campagne te worden. Een meisje van een ander groot modellenbureau in de stad. Jennifer kende het bureau wel. Voordat ze Amazing Models had opgezet werkte ze daar als modellenscout. Daar had ze alle kneepjes van het vak geleerd en ze wist dat de modellen die bij dat bureau zaten ook niet de minste waren. 'Hoe schat je mijn kansen in?' vroeg Jill in de hoop dat Jennifer zou zeggen dat dat andere model geen schijn van kans maakte.

Helaas was dat niet het antwoord dat Jennifer gaf. 'Ik weet het niet, meissie. Het enige wat ik je kan vertellen is dat David tevreden leek en dat hij al vanaf het moment dat je de finale won van *Supermodel in de maak* fan van je is. Ik weet natuurlijk niet hoe dat andere model is, maar ik schat je kansen hoog in.'

Op dat moment kwam David op hen afgelopen. 'Jill, je hebt me niet teleurgesteld, meid. Je deed het fantastisch. Zie je het al voor je? Rij je daar straks over de snelweg, zie je jezelf levensgroot langs de weg hangen.' Hij grijnsde breed en gaf haar een knipoog.

'Dat zou echt een droom zijn die uitkomt', bekende Jill. 'Ik hoop echt dat we kunnen samenwerken, meneer Michel.' David antwoordde niet, maar gaf haar een bemoedigend klopje op de schouder. Toen liep hij weer weg om zijn rinkelende telefoon op te nemen.

# 20

'Binnen', hoorde ze Ashita gillen. Jill deed de slaapkamerdeur open en zag Ashita lui op bed liggen. Die zette haar televisie zachter. 'Hé, Jill, wat is er?'

Jill zwaaide met de roze kaart in haar hand. 'Heb je al plannen voor vanavond?'

Ashita rekte zichzelf uit en ging op de rand van haar bed zitten. 'Eh, niet echt. Ik zou eigenlijk met Steve naar de Rokerij gaan, maar hij heeft net afgezegd. De lul.'

Steve was de nieuwste aanwinst van Ashita. Natuurlijk was het weer niet de ideale schoonzoon en Jill wist zeker dat als zij met een type als Steve thuiskwam, haar moeder prompt een hartverzakking zou krijgen.

'Hoezo?' vroeg Ashita nu nieuwsgierig.

'Nou, ik ben uitgenodigd voor de vipopening van een nieuwe club in de stad. Eigenlijk zou Simoon meegaan, maar haar oma ligt in het ziekenhuis, dus ze gaat daarnaartoe. Het is voor twee personen dus ik dacht: misschien wil jij mee?'

'Er is toch geen dresscode, hè? Want dan ga ik niet mee.'

Jill lachte. 'Nee, er is geen dresscode. Dus je kunt mee.'

Ashita knikte. 'Oké', antwoordde ze niet al te enthousiast. 'Ik offer mezelf wel op!'

De doorbitch van de club begroette Jill en Ashita enthousiast. 'Welkom, meiden! Wat zien jullie er prachtig uit! Loop door.' Jill liep samen met haar huisgenote door het poortje dat direct weer werd gesloten. Er klonk gezucht en gesteun uit de grote groep mensen die al uren buiten in de rij stonden, in de hoop naar binnen te mogen. Maar dat zou wel niet gebeuren, want de opening was alleen voor genodigden. En wie niet bekend was, of model, of socialite, of rijk, of het deed met de clubeigenaar kwam ook niet binnen. Vanavond was het een avondje gratis feesten voor vips. Met drank in overvloed en exquise, maar weinig de honger stillende hapjes.

'Wow, dit ziet er wel gaaf uit', fluisterde Jill.

Ashita haalde haar schouders op, ze was totaal niet onder de indruk. 'Ach, het heeft wel wat', zei ze en ze baande zichzelf vervolgens een weg naar de bar.

Hoofdschuddend keek Jill haar huisgenote na. Dat meisje leefde zo in haar eigen bubbel. Jill keek rond en liet alle indrukken op zich inwerken. De ruimte was niet supergroot, maar ieder plekje werd goed benut. Een glanzende witte trap leidde je naar het vipgedeelte boven, waar grote, witte kussens lagen waarop je heerlijk kon uitrusten als je te veel gedanst had. De dansvloer lag ook wat hoger dan de rest van de club, waardoor je al dansend de rest van de zaal goed kon overzien. De bar was sfeervol verlicht en de barmannen droegen sexy, zwarte shirtjes met een V-hals, boven op een chique pantalon. Het zou Jill niet verbazen als ze zo uit een James Bondfilm kwamen gelopen.

'Hier, voor jou.' Ashita was terug en duwde haar een roze cocktail in de handen.

'Proost', zei Jill. 'Op een gezellige avond.'

Ashita knikte en dronk haar glas in één teug leeg.

'Sorry, ik had dorst', verontschuldigde ze zich.

Jill glimlachte. 'Je bent me er wel één, hoor, Ashita! Kom, we gaan dansen!'

Jill voelde zich als God in Frankrijk. De dj draaide echt de beste muziek *ever* en Ashita bestelde aan de lopende band roze cocktails. Wat erin zat wist Jill nog steeds niet, maar ze waren echt goddelijk. Echt, je proefde niet eens dat er alcohol in zat.

'*Shake that ass, baby!*' Ashita ging helemaal los en draaide haar heupen soepel heen en weer op de maat van de muziek.

'Wow, lekkere vent.' Ze keek in de richting van een groepje mannen in pak.

'Welke van de zes?' vroeg Jill lachend.

'Die met die baard natuurlijk!'

Jill keek om en zag geen man met een baard tussen het groepje knappe zakenmannen staan. 'Waar?' gilde ze om boven de muziek uit te komen.

'Daar!'

Nu zag Jill de man met de baard wel. Hij zat achter het groepje zakenmannen met twee vrienden aan een tafeltje. Jill moest lachen. Dit was weer typisch zo'n vent waar haar huisgenootje voor warmliep. Raar kapsel, grote haviksneus en dan de baard als finishing touch.

'Kom, we gaan bij ze zitten.'

'En Steve dan', gilde Jill haar vriendin nog achterna, maar Ashita was al onderweg, vastberaden om haar prooi te strikken.


Derk, zo heette baardmans. En Derk was een kunstenaar. Geen grote verrassing. Hij had de flyers ontworpen voor de nieuwe club en was zodoende bij de opening aanwezig.

Ashita was echt in de wolken en flirtte er lustig op los.
Alle clichés trok ze uit de kast. Met haar haren spelen, zijn houdingen aannemen, lief lachen, met haar ogen knipperen. Jill werd er bijna misselijk van, zo dik lag het erbovenop. Derk zelf had het waarschijnlijk niet echt door, want die gast was zo stoned als een garnaal.

'Wil je ook een hijsje, moppie?' vroeg de zo mogelijk nog wazigere vriend van baardmans nu aan Jill.

'Nee, dank je, ik rook niet.'

'Oh, maar dit is ook geen gewone sigaret, hoor.' Hij lachte en zijn gele tanden bezorgden Jill de rillingen.

'Ik weet het, maar nee, bedankt.'

Hij bleef maar met de joint voor haar neus zwaaien. Een penetrante wietlucht drong haar neus binnen en Jill voelde een vlaag misselijkheid opkomen.

'Rook je helemaal niet, joh? Nog nooit een blowtje gehad?' De vriend van baardmans keek haar aan alsof ze net verteld had dat Sinterklaas toch wel bestond.

'Nee, ik doe niet aan drugs', antwoordde Jill resoluut.

'Goh, ik dacht dat alle modellen er wel van hielden, joh.' Hij stootte zijn vriend aan, die ook stoned was.

'Moet je horen, man! Dat modelletje hier zegt dat ze niet van drugs houdt.'

De andere gast barstte in lachen uit. 'Ik ken veel modellen, maar ze blowen zich allemaal een slag in de rondte. Ja, toch, Derk? Zeg eens ja.'

Zonder te weten waarop hij 'ja' zei gaf hij zijn vriend gelijk.

Jill draaide met haar ogen en keek Ashita smekend aan.

'Laten we gaan', siste Jill, die het echt gehad had met baardmans en zijn vrienden.

Maar Ashita maakte geen aanstalten om weg te gaan.

Sterker nog, ze nam nog een hijs van de joint en haar ogen werden met de minuut waziger.

Fijn, dacht Jill. Zit ik lekker weer mee opgescheept, hoor! Was Simone maar meegegaan, dan stonden ze nu nog lekker te swingen op de dansvloer. Ze pakte haar telefoon uit haar tasje om Simone een sms'je te sturen toen ze zag dat ze een gemiste oproep had. John had haar gebeld. 'Ashita, ik ben even naar de wc, oké? Ik kom zo terug.'

In de wc's was het gelukkig niet zo druk. De muziek uit de zaal was amper hoorbaar en hier kon ze John tenminste verstaan. Ze pakte haar telefoon en belde hem terug. Na drie keer overgaan nam hij op.

'John van Vlught!' riep Jill spontaan in de telefoon. 'Je bent mijn redding! Jij belde zeker om te vertellen dat je ook naar die clubopening gaat!'

Aan de andere kant van de lijn klonk een lach. 'Hoe raad je het zo? Is het een beetje leuk daar?'

'Het was leuk, totdat mijn huisgenote opeens hopeloos verliefd werd op een of andere wazige baardmans en ik nu met zijn zo mogelijk nog vagere vrienden opgescheept zit. Ik mis je, John, echt waar!'

'Ik stap nu in de taxi', verzekerde hij haar. 'Over vijftien minuten ben ik er. Waar zit je?'

'Ik zit links in de hoek aan een tafeltje. Zoek de baard en je vindt me vanzelf', lachte Jill.

'Tot zo, schat!'

'Ja, tot straks, lieverd. Ik kan niet wachten totdat je hier bent. Dan wordt het eindelijk weer een beetje leuk!'

Jill keek in de spiegel en kamde met haar vingers haar haren. Wat was het toch fijn om een vriend als John te hebben!

Die kwam tenminste altijd opdraven als je hem nodig had. Met een voldaan gevoel liep ze weer richting de zaal.

Weer terug bij het tafeltje zag Jill dat Ashita op de schoot was gekropen van baardmans. Een nieuwe joint ging rond en weer kreeg Jill het ding voor haar neus geduwd. Ze was het echt zat. Gelukkig kwam John zo. Haar telefoon rinkelde in haar tas. Ah, daar had je hem al.

'Ben je er?'

'Ja, ik sta nu voor de deur. Ik kom wel naar je toe.'

Jill hing op en Ashita keek haar vragend aan. 'Wie was dat?'

'John, die staat voor de deur. Hij komt er zo aan.'

'Oeeh, John, ja? Jullie gaan wel veel met elkaar om, hè?'

'Is daar iets mis mee?' snauwde Jill terug. Ze zuchtte diep. Al dat gezeur over haar en John kwam haar nu echt de keel uit. Waarom begreep niemand dat ze gewoon vrienden waren? Ze hadden zelfs nog nooit gezoend!

Jill stond op om John te zoeken toen ze zag dat de blonde vrouw naast haar, haar wel heel erg zat aan te staren. Even was Jill bang dat haar jurkje omhoog was gekropen en dat ze nu in haar onderbroek stond, maar dat bleek gelukkig niet het geval. Het meisje zag dat Jill haar blik zag en keek snel weg. Jill haalde haar schouders op en besteedde er verder geen aandacht meer aan. Ze was er wel aan gewend dat mensen naar haar konden staren. Dat kreeg je als je met je hoofd op televisie was geweest. 'Joehoe, John!'

Links van haar stond haar nieuwe beste vriend met zijn rug naar haar toe. Hij hoorde haar roepen en draaide zich om. 'Lieverd! Hier is je redding voor een leuke avond.' Een grote glimlach verscheen op zijn gezicht en hij liep op Jill af. Hij had weer zo'n rare kledingcombinatie aan. Van die

Italiaanse puntschoenen die eigenlijk alleen homo's droegen en een bont hemd met strepen, bloemen en vogels. Echt vreselijk, maar zo typisch John.

Hij kuste haar gedag en gaf vervolgens de rest van de mensen aan tafel een hand. Niemand besteedde echt aandacht aan hem. Ze zaten zo in hun eigen wereldje.

Jill kreeg het gevoel dat er een paar ogen in haar rug prikten en ze draaide zich om. Weer dat blonde meisje. Wie was zij toch? Ze hield haar nu al de hele tijd in de gaten. Vreselijk irritant. Als ze iets van haar moest, had ze liever dat ze even naar haar toe kwam en het aan haar vroeg of zo. Nu voelde ze zich er helemaal ongemakkelijk door.

John liep naar de bar en bestelde een fles wodka voor de tafel.

'Ik denk dat zij weinig meer nodig hebben, hoor', fluisterde Jill in Johns oor. Ze doelde natuurlijk op haar tafelgenoten die hen bijna compleet negeerden.

'Ook een jointje?' vroeg Ashita flirterig aan John.

Tot Jills verbazing nam John de brandende joint aan en nam een diepe hijs. Met zijn ogen dicht blies hij de rook weer uit.

'Wil je ook, mop?' John sloeg zijn arm om haar heen en hield de joint voor haar neus. Het was al de derde keer dat ze nee moest zeggen. Was het dan echt zo gek dat ze het niet wilde?

'Wil je echt niet?' vroeg John verbaasd aan haar. 'Heb je het al geprobeerd? Zo vies is het niet, hoor. Iedereen rookt dit spul weleens. Hier, probeer nou een hijs. Je wordt er echt niet meteen stoned van en dan ben je van het gezeur af. Als je het niet lekker vindt, kun je dat de volgende keer gewoon zeggen en hoef je niet de hele tijd al die verbaasde reacties aan te horen. Ik bedoel: iedereen in de stad heeft weleens een jointje gerookt.'

Met tegenzin en enkel om van het gezeur af te zijn pakte
Jill de joint en nam voorzichtig een hijs. Ze proestte het uit
en vond het nog viezer dan ze had verwacht. Maar ze had
het tenminste geprobeerd en nu moest iedereen zijn mond
dichthouden. 'Zo, nou tevreden?'
John keek haar lachend aan. 'Ja, nou is papa tevreden.'

Een halfuur later was de sfeer aan tafel niet meer leuk, vond
Jill. Ashita was zo ver heen dat Jill bang was dat ze domme
dingen ging doen. Baardmans liet zijn handen gevaarlijk over
haar lichaam glijden en een van baardmans' vrienden viel
de hele tijd bijna in slaap. Jill voelde zich totaal niet meer op
haar gemak en wilde het liefste weg. Maar John was twintig
minuten geleden naar de wc's gegaan en hij was nog steeds
niet terug. Hij kende zoveel mensen in dit wereldje dat 'even
naar de wc' bij hem betekende dat hij om de vijf meter werd
tegengehouden door kennis nummer zoveel.
De vriend van baardmans stond op en haalde een zakje
uit de achterzak van zijn jeans. Hij gooide het op tafel en
baardmans duwde Ashita van zijn schoot af. 'Lekker, man',
zei hij sloom tegen zijn vriend.
Jill keek vragend naar het witte zakje op tafel. Het leek wel
een soort wit poeder.
De tafel werd schoongeveegd en baardmans strooide wat van
het witte poeder op tafel en maakte er met zijn creditcard
strakke lijntjes van.
Jill mocht dan wel geen echt stadsmeisje zijn, en soms
een beetje naïef, maar ze wist donders goed wat dit was.
Baardmans en zijn vrienden gingen voor haar ogen cocaïne
snuiven! Bij de gedachte alleen al schrok ze. Jill wist dat het
veel gebeurde in de stad en zeker ook binnen deze scene,

maar ze had het nog nooit echt gezien. Het was best confronterend. Ze stootte Ashita aan die lamgeslagen naast haar zat.
'Jij gebruikt dit toch niet, hè?' vroeg ze bezorgd.
'Waarom niet?'
'Wat denk je zelf? Dat spul is hartstikke slecht. Zo meteen weet je niet meer wat je doet. Ik blijf niet de hele avond op je passen, hoor!'
'Heb ik dan gezegd dat dat moet?' bitchte Ashita naar haar huisgenote. 'Ik vermaak me wel met Derk en zijn vrienden.'
Eerlijk gezegd twijfelde Jill daar ook geen moment aan. Maar of Ashita ook weer veilig thuiskwam, daarover maakte ze zich meer zorgen. Maar goed, ze was niet Ashita's moeder en ze had het geprobeerd. Als ze stomme dingen wil doen, doet ze dat maar lekker, dacht Jill. Zolang ik er maar niets mee te maken heb. 'Ik ga', zei ze en ze bukte zich om de haar tas te pakken die onder tafel lag. Met haar tas onder haar armen stond ze op en ging op zoek naar John.
Zoals verwacht stond John inderdaad te praten met iemand. Hij zag haar aankomen en zwaaide verontschuldigend. Jill gebaarde of hij nog wat te drinken wilde en liep naar de bar. Eenmaal terug had John zich los weten te maken van zijn gesprekspartner en samen liepen ze naar de dansvloer.
'Eindelijk', verzuchtte Jill. 'Ik werd helemaal gek net. Die Ashita is wat dat betreft ook zo egoïstisch. Helemaal als ze niet meer nuchter is. Dan denkt ze alleen aan zichzelf. Of ik me wel vermaak zal haar echt worst wezen.'
'Stom wijf', grapte John om Jill een beetje te troosten. 'Maar nu ben ik er weer, dus we gaan los.'
Hij pakte haar hand en sleepte haar de dansvloer op. Even dacht ze weer een glimp op te vangen van die blonde vrouw. Verbeeldde ze het zich nou of werd ze echt achtervolgd?

Veel tijd om erbij stil te staan had ze niet.

'Hé', gilde John in haar oor. 'Had ik trouwens al gezegd dat ik beter kan dansen dan John Travolta?' Een grote grijns verscheen op zijn gezicht en Jill barstte in lachen uit.

# 21

Jill had een kater. En niet zo'n kleintje ook. Op de een of andere manier dronk ze altijd net een beetje te veel als de drankjes gratis waren. Ook al was haar maag al een klotsende wodkazee en moest ze om de tien minuten naar de wc, als de drankjes haar toch zomaar voorgezet werden, kon er best nog wel eentje bij. En nog één. En nog één. Net zolang tot ze lallend naar huis moest worden gebracht door John en ze haar kots nog net kon inhouden omdat ze de taxichauffeur waarschuwend in zijn achteruitkijkspiegel zag kijken. Het was Jill allemaal overkomen gisteren, en toen ze vanmorgen om halftien wakker was geworden omdat ze naar de wc moest, was ze weer net zo snel haar bed in gekropen.

Ze had sinds lange tijd weer een vrije dag en die kon ze dus maar beter besteden aan het uitzieken van een kater. Niet ideaal, maar je moest wat op een lome vrijdag. Morgen zou ze ook weer vroeg uit de veren moeten, want de vader van Wouter werd vijftig en ze gaven een groot feest. Niet iets wat ze kon afzeggen zonder goede reden. En eigenlijk wilde ze het ook helemaal niet afzeggen. Ze had Wouter al weer bijna twee weken niet gezien en ze miste zijn armen en zoenen enorm! En zijn vader, ach, dat was voor een schoonvader best een prima vent.

Met twee aspirientjes kroop Jill weer in haar warme bed. Omdat ze niet gestoord wilde worden, zette ze haar telefoon stil. Ze kon het nu echt niet hebben om door haar moeder of door Jennifer, die zich gedroeg als een surrogaatmoeder, gebeld te worden met een of andere wijze vraag. Niet veel later viel ze weer in slaap. Dromend van morgen. Van de sterke armen van haar vriendje en zijn zachte, dunne lippen.

Om één uur werd Jill weer wakker. Ze draaide zich slaperig om en keek op haar telefoon. Zie je wel, Jennifer had al gebeld. Maar goed dat ze het geluid uit had gezet. Ze legde haar telefoon terug op de vensterbank en kroop weer wat dieper onder de donzen dekens. Ze kon nog makkelijk een paar uurtjes slapen.

'Jill! Jill!'
In de verte hoorde ze iemand hard haar naam schreeuwen. Ze snapte het niet. Het leek Simone wel. Weer hoorde ze haar naam gillen. De stem, die toch echt van Simone moest zijn, klonk een beetje paniekerig. Nu trok ze aan haar arm. Jills ogen gingen open en daar stond Simone. Haar naam te gillen. Met een rood, gespannen hoofd. Jill wreef de slaap uit haar ogen en ging versuft en nog niet helemaal wakker rechtop in bed zitten. 'Wat is er?' vroeg ze.
'Er staan wel zes fotografen voor de deur, man! En een cameraploeg van *Achterklap*! Heb je de bel niet gehoord?'
Langzaam werd Jill een beetje wakker.
'Wat doen die hier dan?' reageerde ze kalm en zich nog van geen kwaad bewust.

'Die komen voor jou, man! Wat heb je gisteren allemaal uitgespookt!' klonk het fel uit de mond van Simone.

'Huh? Voor mij?' Ze moest nog steeds aan het dromen zijn.

'Gisteren? Eh, ik was naar de opening van die nieuwe club, je weet wel, waar jij eerst mee naartoe zou gaan. Ik heb niets geks uitgespookt, hoor. Een of twee drankjes te veel gedronken, maar niets bijzonders of zo. Wat dan?' Jill zag de ernst in de ogen van haar vriendin en kreeg het steeds benauwder.

'Ik zou maar even uit bed komen als ik jou was en je laptop aanzetten.'

Als door een wesp gestoken sprong Jill uit bed en rende op haar blote voeten naar beneden. Simone rende met haar mee en liep door naar de keuken. Tegen de tijd dat Jill haar laptop had aangezet kwam Simone de huiskamer in met een mok dampende kruidenthee. 'Hier, drink maar op. Goed voor een kater.'

'Dank je', knikte Jill terwijl ze haar internetbrowser openklikte. 'Waar moet ik naar kijken', vroeg ze gespannen. 'Is het heel erg? Gaat het over mij? Of is er iets met Ashita?' Haar hart sloeg over. Oh nee! Ze had helemaal niets meer vernomen van Ashita. Shit! Had ze haar huisgenootje toch mee naar huis moeten slepen? Jill had haar ook niet horen thuiskomen vannacht. Als ze maar niet zwaar verdoofd met die rare baardmans mee was gegaan naar huis en niet meer wist wat ze had gedaan.

'www.lookather.com, typ maar in', sommeerde Simone.

Dat was een vrij bekende *celebrity blog*, waar alle *sleaze* & *dirt* over de sterren op stond. Britt was er ook altijd dol op, omdat het blog schijnbaar alle sappige scoops als eerste had. Wie er op de redactie werkte wist niemand, maar op de een of andere manier wisten ze overal wel iets van en anders werden ze getipt door insiders. Iedere maand keken er zo'n één miljoen mensen op de site.

Jill had er ook weleens op gestaan, vlak nadat ze de finale van *Supermodel in de maak* had gewonnen. Ze hadden een foto van haar gevonden, samen met Wouter, en die hadden ze op de website geplaatst. Ernaast hadden ze een foto van het model geplaatst waarmee Jill tijdens de opnames had gezoend. En aan de lezers gevraagd: wie kies jij? Gelukkig werd zowel Lindsay Lohan als Paris Hilton die dag opgepakt voor rijden onder invloed en het snuiven van coke, dus Jill was al snel oud nieuws.

Met trillende vingers – deels van de spanning en deels van die verdraaide kater die maar niet weg leek te gaan – tikte Jill de URL in. Meestal betekende een publicatie op *Look at Her* weinig goeds. Als ze maar geen foto's van mij hebben genomen waarop ik half dronken de taxi in rol, dat zou ik echt zo kinderachtig vinden, dacht Jill. Ieder meisje van achttien is toch weleens aangeschoten, ja, toch?

De site laadde nogal traag en ongeduldig tikte ze met haar vingers op de tafel. BAM! Recht in haar gezicht. Groot op de homepage stond een foto van haar. Samen met John. En nog een van haar. Aan tafel. Met Ashita, baardmans en zijn vage vrienden, met rood omrande ogen. De foto's leken gemaakt met een mobiele telefoon. Echt, dit kon niet waar zijn.

Simone legde troostend een arm om haar heen en fluisterde: 'Sorry.'

Jill kon niet meer helder denken en de wodkakater was als sneeuw voor de zon verdwenen. De hoofdpijn die ze nu voelde was van heel andere aard. Dit was bonkende pijn. Spanning. Prikkende ogen. Woede.

Langzaam gleden er tranen langs haar wangen. Zo boos was ze.

'Supermodel of coke snuivende vriendjesinpikker?' stond er met grote koeienletters boven de foto's. Eén grote, smerige roddel natuurlijk, maar de foto's zeiden iets anders. De lippen van Jill en John raakten elkaar aan, dat zag zelfs een bijna blinde nog. Maar de foto was niet wat het leek. Hij moest gemaakt zijn op het moment dat John binnenkwam en ze elkaar begroetten, zoals ze altijd deden. Niets vreemds, gewoon een snelle kus op de mond. Dat deden vriendinnen toch ook wel? En nu leek het net alsof ze elkaar uitgebreid stonden te zoenen. Hoe kon deze foto in hemelsnaam gemaakt zijn!

'Is het echt zo?' vroeg Simone heel zacht.

Met een ruk keek Jill haar kant op. 'Wat denk je zelf? Natuurlijk is dit niet waar! Die foto's zijn gewoon niet echt.'

'Zijn ze gefotoshopt dan?' reageerde Simone voorzichtig.

'Nee, nee, dit is echt, alleen zoenen we niet, maar geven we elkaar gewoon een vriendschappelijke kus.'

'En dat andere? Heb je echt...?' Simone durfde haar zin niet af te maken.

Jill richtte haar blik weer naar het beeldscherm en bekeek de tweede foto op de homepage aandachtig. Die was gemaakt op het moment dat ze de tafel van baardmans en zijn kornuiten verliet. Toen het witte poeder tevoorschijn werd getoverd en in strakke lijntjes op tafel werd geserveerd. Op het moment dat Jill het helemaal had gehad met haar rare huisgenote. Alleen suggereerde de foto iets heel anders. Jill bukt zich voorover – om haar tas te pakken natuurlijk – maar door de hoek vanwaaruit de foto was genomen leek het net alsof Jill op het punt stond om een lijntje wit poeder op te snuiven.

Ze leek wel een betrapte Kate Moss, *for Christ's sake*!

Jill trok wit weg en haar lichaam begon te beven. Het beverige gevoel werd steeds heftiger. Haar handen begonnen te tintelen en ze werd duizelig. 'Het gaat niet goed met me', piepte ze angstig.

Simone pakte haar handen vast. 'Rustig ademhalen, Jill. Rustig maar. Het komt wel goed.'

Jills hart ging als een bezetene tekeer en haar ademhaling was kort en snel.

'Ik denk dat je hyperventileert. Rustig. Adem in, adem uit.'

Simone deed voor hoe het moest. 'In. Uit. Ja, goed. In. Uit.'

Een minuut of vijf zaten ze zo met z'n tweeën op de bank. Tot Jill niet meer beefde en weer rustig kon ademhalen. 'Ik snap het niet', mompelde ze. 'Ik snap het niet. Hoe kan dit nou? Heb je het al gelezen?'

Simone knikte. Haar gezicht sprak boekdelen.

'Is het erg?'

'Lees zelf maar.'

'Wil jij het voorlezen?'

Simone pakte de laptop van Jill op haar schoot en klikte op het 'lees verder' knopje.

Er verscheen een grote lap tekst in beeld, aangevuld met nog meer foto's.

'Eerst de tekst maar?'

Jill staarde voor zich uit en zei niets.

'Tijdens de opening van club Rain, de nieuwste hotspot in de hoofdstad, werd *Supermodel in de maak*-winnares Jill van den Broek betrapt op het gebruik van drugs en lieten John en Jill hun liefde voor elkaar openlijk blijken. Zijn dit de nieuwe David & Victoria? De Brangelina van de Lage Landen? Wie zal het zeggen...'

In rap tempo las Simone de harde en vooral totaal misplaatste woorden voor. Over dat de relatie tussen haar en John nu toch was bevestigd, ook al ontkenden ze beiden. En dat Jill nu ook al ten prooi was gevallen aan de vluchtige modewereld waarin drugs een grote rol spelen. Op een van de foto's nam Jill een trek van een joint. Maar dat ze daarna hoestte en de joint direct teruggaf, daarvan was natuurlijk geen foto genomen...

'Hier, Danielle staat ook weer vermeld', zei Simone toen ze bij de laatste alinea was aangekomen. 'Dat het er toch sterk op lijkt dat hij haar ingeruild heeft voor een achttienjarig modelletje. Wat een bullshit, zeg! Toch?'

Boos keek Jill haar vriendin aan. 'Hoezo, toch? Ik heb je toch uitgelegd dat wij niets hebben. Je gelooft toch ook niet dat ik daar drugs aan het gebruiken ben, of wel soms?'

Simone schudde haar hoofd. 'Natuurlijk geloof ik je. Echt. Maar kun je je voorstellen dat het wel heel tegenstrijdig is? Jouw woorden en deze foto's. Echt, ik geloof je, maar ik ben bang dat de rest van de wereld je niet zo gemakkelijk zal geloven.'

Dikke tranen gleden langs Jills wangen. Steeds meer, steeds harder. Ze dacht aan haar ouders. Die mochten dit echt niet zien! Hun kleine meisje betrapt met drugs en een veel te oude acteur! En Wouter? *Oh my god!* Wat moest Wouter wel niet van haar denken? Hij geloofde haar natuurlijk nooit. Hij vond haar vriendschap met John al helemaal niets. Shit, shit, shit, dacht Jill. Hoe had het ooit zo ver kunnen komen? Ze durfde zich morgen ook echt niet te vertonen op haar schoonvaders verjaardag.

'Eh, Jill?' vroeg Simone voorzichtig. 'Heb jij enig idee hoe deze foto's op deze blog terecht zijn gekomen? Het lijkt er wel haast op alsof iemand expres zulke dubbelzinnige foto's van jou heeft gemaakt zodat jij er heel nadelig uit komt.'

Jill staarde voor zich uit. Op het moment dat ze aan Simone wilde bekennen dat ze geen enkel idee had, gingen haar hersens opeens werken. Dat blonde meisje... het zou toch niet?

# 22

Hoe kwam ze ongezien de deur uit? Jill moest bij Jennifer op kantoor komen. Die klonk niet echt vrolijk aan de telefoon. Ze had Simone gebeld, want Jill had haar telefoon niet meer aan durven te zetten. Ze wist zeker dat ze plat gebeld zou worden. En ze durfde haar ouders en Wouter echt niet te woord te staan. Ze moest eerst weten hoe de vork in de steel zat. En welk advies Jennifer voor haar had. Die kon haar vast wel een wijs antwoord geven.

'Hier, zet dit anders op.' Simone hield haar een grote rieten hoed voor. 'En dit!' Nu kreeg Jill een grote, zwarte zonnebril aangereikt. 'Dan ben je tenminste nog een beetje onherkenbaar. Ik bel wel een taxi die je voor de deur oppikt.'

Er stonden nog steeds een stuk of zes fotografen voor haar deur en er was ook een cameraploeg van *Achterklap*. Simone had al tig keer naar ze geroepen dat ze moesten oprotten, maar het was net een stel parasieten. Ze gingen niet weg.

Met Simones telefoon had ze John een halfuur geleden nog gebeld. 'Huh, moppie? Wat klink je opgejaagd?' had hij suf in de telefoon gezegd. Zoals altijd was John zich natuurlijk nog van geen kwaad bewust. Hij kwam net uit bed gerold en had zijn laptop nog niet aan gehad. En zijn familie en vrienden waren natuurlijk al gewend aan alle roddels over hem, dus die belden hem echt niet voor elk wissewasje op.

'Staan er bij jou geen fotografen voor de deur?' had Jill verontwaardigd geroepen. Ze hoorde hem zijn gordijnen opzijschuiven.

'Nee. Oh, wacht. Ja, ik zie er één. Hmm, blijkbaar ben ik niet zo interessant als jij. Haha.'

'Lach je nou?' had Jill woest uitgeroepen. 'Ik word als een vriendjes afpakkende junk afgeschilderd, ja!'

John had haar proberen te troosten, maar echt helpen deed het niet.

'Hoe kan het nou zijn dat de bekendste acteur van het land maar één stomme fotograaf voor zijn huis heeft staan, en ik de rest? Ik bedoel: één maar! Hallo!'

Simone keek haar vriendin aan en zei: 'Jij bent nu de veel te jonge vriendin van een bekend iemand, die ook nog eens drugs gebruikt en langzaamaan de nieuwe it-girl van de stad aan het worden is. Vind je het gek dat ze zich nu massaal op jou storten? Je bent een nieuwe prooi voor ze. Klote, maar waar.'

'Jill, Jill, Jill toch.' Hoofdschuddend zat Jennifer tegenover haar. Ze keek teleurgesteld, niet boos. 'Hoe is het zo ver kunnen komen?' Voor haar op het bureau lagen uitdraaien van artikelen die op verschillende websites waren gepubliceerd. Lookather.com was een graag geraadpleegde bron voor roddelbladen en websites die op zoek waren naar de laatste roddels. Lookather.com was toch vaak de eerste als het aankwam op zoetsappige roddels. 'Hier, *Grazia*. En *Showbizznews* heeft er ook een voorpaginaverhaal van gemaakt.'

Jennifer duwde alle printjes haar kant op. 'Wat is er van waar eigenlijk?' Ze zette haar hippe bril laag op haar neus en keek streng over de rand heen.

'Niets!' antwoordde Jill wanhopig. 'Helemaal niets!'

Jennifers wenkbrauwen fronsten.

'Lieve Jill, het is nu wel slim om eerlijk te zijn. Die foto's zijn niet gelogen. Ik zie toch dat je John een zoen geeft. En die joint zit ook echt tussen jouw lippen. Ik had eerlijk gezegd niet verwacht dat jij je zou laten verleiden door het sex, drugs & rock-'n-rollverhaal. Kijk, van Ashita wist ik het. Die staat ook op straat na gisteren. Maar jij? Ik had verwacht dat je wat meer ruggengraat had.'

Ook Ashita was op de foto te zien. Ze hing nog niet met haar neus boven het witte poeder, maar haar blik zei genoeg. Ze was compleet van de wereld en zag er als een junkie uit.

'Echt, alles is gelogen!' gilde Jill bijna wanhopig. 'Die zoen, dat is gewoon een vriendschappelijke kus. John zoent al zijn vriendinnen op de mond. Mij ook. Zo gek is dat toch niet? En die joint... ja, ik neem een hijsje, maar alleen om van het gezeur af te zijn. Nu kan ik zeggen dat ik het geprobeerd heb en dat het niets voor mij is. Man, ik stikte er bijna in! Echt, Jen, je moet me geloven. Het lijkt wel alsof heel de wereld tegen mij is. Een beetje steun kan ik wel gebruiken.'

'En dit dan?' Jennifer draaide haar laptop om en wees naar de foto waarop Jill vooroverboog, met haar hoofd richting het witte poeder op tafel. 'Het spijt me, maar het ziet er toch echt verdacht uit.'

Jill voelde de tranen in haar ogen prikken. Dat al die stomme roddelsites geloofden wat ze wilden geloven was tot daar aan toe. Maar dat Jennifer zo haar twijfels had voelde echt als een klap in haar gezicht. Een dolksteek dwars door haar hart.

'Ik bukte me om mijn tas te pakken. Ik had het gehad met die mensen. Ik ging op zoek naar John.' Jill had het gevoel dat ze tegen dovemansoren praatte, want het gezicht van haar agente stond nog steeds kil en afstandelijk.

'En die John? Is dat wel een goede man voor jou om mee om te gaan? Het is niet de eerste keer dat jullie vriendschap – of moet ik relatie zeggen? – voor vervelende publiciteit heeft gezorgd. Wat moet je eigenlijk met zo'n oude vrouwen-versierder? Heb je geen leuke vrienden van je eigen leeftijd die niet zo bekend zijn?'

'John is gewoon een goede vriend. Ik kan met hem lachen en praten. We hebben niets, echt niet. Hij is helemaal mijn type niet. En ik heb toch al een relatie met Wouter? Echt, waarom kun je niet gewoon bevriend zijn met een jongen? Iedereen zoekt er altijd meteen wat achter.'

'John ontkent niet dat jullie een relatie hebben', onderbrak Jennifer haar.

'Hoe bedoel je?' vroeg Jill.

'Nou, de redactie van *Achterklap* belde me net voor een reactie en die zeiden dat ze John naar jullie relatie hadden gevraagd en hij zei dat hij geen commentaar wilde geven. In medialand betekent dat vaak dat het waar is.'

Jill baalde. Waarom kon die vent nou niet gewoon zeggen hoe het tussen hen zat? Dat maakte het alleen nog maar ongeloofwaardiger. Wat een sukkel was het soms ook!

'Weten je ouders het al?' Jennifers stem klonk minder hard, meer bezorgd.

Jill haalde haar schouders op.

'Je hebt ze toch wel even gebeld?'

Met het schaamrood op haar kaken schudde Jill haar hoofd.

'Ik heb mijn telefoon uitgezet en durf hem eerlijk gezegd

niet meer aan te zetten. Het liefst zou ik gewoon een paar dagen van de aardbodem verdwijnen en pas terugkomen als niemand meer weet wie Jill van den Broek is. Echt, ik wou dat ik nooit op televisie was geweest.'

Jennifer stond op uit haar stoel en liep om het bureau heen. Ze stak haar hand uit en trok Jill overeind. 'Meisje, kom eens hier.' Jennifer sloeg de armen om haar heen en Jill huilde. Net zolang tot ze geen tranen meer over had. Ze had zichzelf nog nooit zo kwetsbaar en klein gevoeld.

Jill zat op de bank bij Jennifer. Ze was weer een beetje gekalmeerd. Samen hadden ze besproken wat ze moest doen. Jill zou de pers even niet te woord staan. Ze kon het wel ontkrachten, maar dat zou nu niet veel helpen. De pers had zijn mening over haar al klaar en vond het veel te spannend om het na één dag al te laten rusten.

'Zal ik het anders eerst even uitleggen aan je ouders? Of durf je het zelf?'

Jill wist dat ze er niet meer onderuit kon. Ze was haar ouders uitleg verschuldigd. Die waren ook niet dom en hadden vast al wel iets gehoord. Haar moeder had een tik om haar dochter iedere dag te googelen. 'Gewoon om te kijken of ze nog wat nieuws over je geschreven hebben', zei ze dan altijd. Nou, dit nieuws viel haar vast en zeker op haar dak.

De telefoon ging over. Ze gebruikte de mobiel van Jennifer omdat ze haar telefoon nog even uit wilde laten staan.

'Familie Van den Broek', hoorde ze haar vader aan de andere kant van de lijn zeggen.

'Pap, met mij.'

'Jill!' Zijn stem schoot omhoog. 'Wat ben ik blij dat je belt! Mama en ik proberen je al een paar uur te bereiken, maar je telefoon staat uit. Wat is er toch allemaal aan de hand?'

Ze hoorde haar moeder op de achtergrond.

'Ben, is dat Jill? Geef hier! Jill, hallo? Ja, dit is mama! Je laat ons schrikken, liefje. We worden de hele dag al gebeld door allemaal persmensen.'

Jill schaamde zich. Niet alleen zij had er last van, haar ouders werden ook lastiggevallen. Wat moesten de mensen in haar dorp wel niet denken! 'Sorry mam, ik moest even alles laten bezinken. Ik heb mijn telefoon al de hele dag uit staan.'

'Is het waar wat ze schrijven?'

Jill voelde zich net een langspeelplaat. Weer herhaalde ze hetzelfde riedeltje. Dat het niet waar was, en dat de foto's optisch bedrog waren. En nee, ze gebruikte echt geen drugs. En ja, John was echt alleen een goede vriend.

Haar moeder geloofde haar niet. 'Lieffie, ik vind het maar niets dat jij daar zit. We zien je steeds minder en dan nu weer dit. Het lijkt wel of je niet meer jezelf bent de laatste tijd. Wouter was hier laatst ook nog en die vond ook dat je anders deed.'

'Mam!' schreeuwde Jill door de telefoon. 'Dit is echt niet leuk, hoor! Ik kan er ook niets aan doen.'

'En je school belde net ook al op. Of ik misschien dacht dat het kon zijn dat mijn dochter aan de drugs zat. Want dat zou je slechte cijfers kunnen verklaren.'

Jill wilde stampvoeten, schreeuwen en huilen. Maar er kwam geen geluid meer uit. Ze gooide de hoorn erop en stormde het kantoor van Jennifer uit. Op de wc probeerde ze tot rust te komen.

'Jill, gaat het weer een beetje?' Jennifer klopte zachtjes op de deur van de wc.

'Kom, ik heb kamillethee voor je gezet. Daar word je wel weer een beetje rustig van.'

Met een rood hoofd van het huilen deed Jill de deur open. Waarom bood iedereen je altijd een kop thee of een glas water aan als je van slag was? Alsof dat iets oploste, echt niet!

'Ik heb je ouders net nog even gesproken', vertelde Jennifer toen ze beiden achter een kop dampende thee zaten. 'Je moeder was gewoon heel erg geschrokken. Ze gelooft je wel, echt. Je moet je alleen voorstellen dat het voor je ouders ook heel moeilijk is om hun dochter naar de grote stad te zien verhuizen. Een stad waarin alles kan en niets te gek is. Het is hier heel wat losser en vrijer dan in het dorp waar je vandaan komt, hoor.'

Jill knikte. Dat begreep ze wel.

'En al die verhalen die jij ze vertelt over je werk en je vrienden hier. Dat is best bijzonder, dat snap je toch ook wel? Niet ieder meisje van achttien vliegt zomaar even naar Kaapstad of siert de etalages van een groot warenhuis. Het is wel hun kleine meisje dat ze nu opeens overal zien en waarover roddels worden verspreid.'

Jill knikte en voelde zich opeens heel schuldig. Wat moesten haar ouders wel niet van haar denken? Ze zagen haar steeds minder vaak omdat ze altijd wel ergens voor haar werk naartoe moest in het weekend. Of gewoon zin had om met haar nieuwe vrienden naar Repeat te gaan.

'Ga anders even een weekje terug naar huis', opperde Jennifer. 'Dan kun je je thuis even focussen op je school en al het achterstallige werk inhalen.'

'En mijn klus voor *Cosmopolitan* dan?'

'Die zeg ik wel voor je af. Je moet nu even aan jezelf denken.

En je familie. Werk gaat niet altijd voor.'

Jill knikte dankbaar. 'Je bent geweldig, Jennifer, echt.'

'Jij ook... als je geen rare fratsen uithaalt', grinnikte Jennifer.

'Ik bel wel even een taxi voor je. Dan kun je naar huis en lekker je spullen pakken. Zal ik anders je vader bellen of hij je ophaalt? Dan hoef je ook niet met de trein.'

'Graag', zei Jill en ze trok haar jas alvast aan.

De telefoon in het kantoor ging. 'Oh wacht, die neem ik nog even op. Momentje. Amazing Models, met Jennifer. David, hoi! Wat leuk dat je belt.'

Jill spitste haar oren. Belde David Michel nu?

Het gezicht van Jennifer betrok. 'Hmhm', knikte ze. 'Oké, ja, ik begrijp het.' Een lange stilte. 'Nee, hoor, dat is niet waar. Je kent de kracht van de media.' Weer een lange stilte. 'Wie? Danielle? Hoezo?'

Jill barstte bijna uit elkaar van spanning. Waar hadden ze het over? En wat was er nou weer aan de hand met Danielle?

'Oké, ja, ik snap dat zij je nichtje is', reageerde Jennifer een beetje aangebrand. 'Maar neem van mij aan: Jill heeft niets tegen haar. Echt niet.'

Jill keek vragend naar Jennifer, maar die staarde naar buiten en keek niet terug. 'Nou, helaas. Dan houdt het op. Tot ziens en nogmaals jammer.' Boos gooide Jennifer de telefoon op het bureau.

'Wat?' vroeg Jill angstig. 'Dat was toch niet David Michel om te zeggen dat mijn klus voor Red Rose niet doorgaat, hè?' Ze wist dat het een retorische vraag was. Natuurlijk moest hij haar niet meer. Daar had Danielle wel voor gezorgd. Over haar eventuele drugsgebruik zou David – volgens insiders zelf een groot recreatief gebruiker – zich misschien nog wel heen kunnen zetten, ook al was het *bad publicity*, maar dat ze het vriendje van zijn lievelingsnichtje had afgepakt was waarschijnlijk wel de druppel.

Jennifer schudde haar hoofd. 'Sorry', zei ze. 'Je had de klus gehad als je nu niet zo negatief in de media was gekomen.' Dat maakte het verhaal nog zuurder. Ze was ook nog eens geselecteerd. Dit had haar grote doorbraak kunnen betekenen. 'En wat heeft Danielle er precies mee te maken?' 'Nou, ze had gezegd dat je niet te vertrouwen was en dat je haar vriend had ingepikt. En dat je imago het merk waarschijnlijk zou schaden.'

Jill kon wel door de grond zakken. Had die trut het toch nog voor elkaar gekregen! Ze slikte de teleurstelling weg. Ze had niet verwacht dat mensen zo gemeen voor elkaar konden zijn. Was ze maar nooit bevriend geraakt met John, dacht Jill somber.

# 23

In de auto van haar ouders was het muisstil. Af en toe kuchte haar vader wat ongemakkelijk en haar moeder wilde iedere keer aan een zin beginnen, maar besloot op het laatste moment toch niets te zeggen. Er hing zo'n gespannen sfeer tussen haar en haar ouders, zoiets had Jill nog nooit meegemaakt en het bezorgde haar kippenvel.

Toen ze haar een halfuur geleden kwamen ophalen, had haar moeder tranen in haar ogen en in haar vaders ogen zag ze een blik die ze nooit eerder had gezien. Teleurstelling, daar leek het op. Zijn kleine meisje was niet meer klein en onschuldig. Jill kreeg een brok in haar keel. Het leek wel alsof ze hem zoveel pijn deed met haar gedrag. En dat terwijl ze eigenlijk niets fout had gedaan!
'Zo, nu blijf je lekker een paar weken bij ons, hè, meid?' had haar moeder geopperd toen ze in Jills slaapkamer stonden.
'Een paar weken?' had Jill verschrikt opgemerkt. 'Nee, een weekje heb ik vrij om even bij te komen en de persmuskieten te ontlopen. Daarna ga ik weer terug naar mijn eigen huis.'
'Papa en ik zijn echt bezorgd om je, Jill. We willen niet dat je al weer zo snel terugkeert.'

'Maaaaam!' Jills stem klonk harder dan de bedoeling was.
'Geloof me nou, er is niets aan de hand! Over een week zijn
ze echt wel weer vergeten wat dat stomme roddelblog schreef
en dan kan ik weer gewoon aan het werk.'
'En je school dan? Ik ben echt geschrokken, lieverd. Je hebt
nog nooit zulke lage cijfers gehaald. Papa en ik vinden het
prima dat je modellenwerk doet, maar je moet wel je school-
diploma halen. Anders kun je straks niets.'
'Dat weet ik, mam, dat weet ik.' Gefrustreerd gooide Jill haar
ondergoed en sokken in de koffer.
'Blijf dan gewoon lekker een tijdje bij ons. Dan kun je je
vriendinnen en Wouter ook weer even zien. Die missen je
ook, hoor, lieverd, niet alleen je broertje en je ouders.'
Met een harde ruk ritste Jill haar koffer dicht. 'Ik ben klaar.
Zullen we maar?'

Op de autoradio klonk een aankondiging van *Supermodel in
de maak*, nummer twee. Alsof de duivel ermee speelde. De
stem van presentatrice Ann-Michelle Gerlag klonk door de
kleine boxen en er bekroop Jill een apart gevoel. Nog geen
jaar geleden was ze gewoon Jill van den Broek, scholier en
net verliefd op Wouter. Door dat programma was haar leven
in één klap veranderd. Meestal positief, maar op dit moment
niet. 'Wil jij net als Jill, de winnares van vorig jaar, een leven
vol glitter en glamour?' kirde Ann-Michelle opgewonden in
de reclamecommercial. 'Geef je dan nu op!'
Jill zag hoe haar ouders een veelzeggende blik uitwisselden.
Het leek wel alsof ze tegen alle ouders in de hele wereld
zeiden: 'Laat je dochter zich niet opgeven. Kijk wat ervan
komt!' Jill stopte de oortjes van haar iPod in haar oren en
zette het volume op tien.

'Ik trek dit niet meer, Jill. Hoe moet ik nou weer geloven dat er niets met die John is gebeurd? Ik word er helemaal gek van. Eerst al dat model en nu weer zo'n acteur.' Wouter liep te ijsberen in haar slaapkamer, een dag nadat het venijnige artikel over Jill op lookather.com was verschenen. Hij had zijn vaders feest vroegtijdig verlaten om met Jill te kunnen praten.

*Achterklap* had gisteravond nog een heel item besteed aan de Brangelina van de Lage Landen, maar ze gingen ook in op de verleidingen waaraan je als jong model blootstond. *Rebel child* Naomi Campbell en Kate Moss werden als ultiem voorbeeld aangedragen en de presentator van *Achterklap* vroeg zich af hoe lang het nog zou duren voordat Jill zich op het randje van de afgrond zou begeven.

Jill had nog nooit zoveel onzin in tien minuten tijd gehoord. Het was volslagen belachelijk en alle journalistieke spelregels waren ver te zoeken. Ze hadden geen betrouwbare bronnen geraadpleegd en ook was er niet één keer naar haar versie van het verhaal gevraagd. De expert die was uitgenodigd om over dit onderwerp te praten, een uitgerangeerd ex-model, wist nog te vertellen dat het gerucht ging dat de jaloerse ex en socialite Danielle waarschijnlijk achter de publicatie van de foto's zat. Nou, dat was waarschijnlijk de enige waarheid die het programma had uitgezonden. Jill had opzettelijk niet naar *Achterklap* gekeken, maar haar vriendinnen hadden haar 's avonds uitgebreid verteld wat er allemaal was gezegd.

'Wat wil je nou dat ik zeg? Ik heb al honderd keer uitgelegd dat die John gewoon een vriend is. Echt, er is geen greintje spanning tussen ons. Niets, nada, noppes!' Jills stem klonk wanhopig. Ze kon het Wouter echt niet aan zijn verstand brengen dat hij totaal niet jaloers hoefde te zijn.

'Ik denk dat we maar even een tijdje uit elkaar moeten gaan.'
Het hoge woord was eruit. Hier was Jill al de hele tijd bang
voor. Wouters ogen leken een beetje vochtig te worden, maar
hij liet zich niet kennen. Jill wel. Die snikte zachtjes in haar
kussen.

Wouter zag het verdriet van zijn vriendin en kwam naast
haar zitten op bed. 'Ik vind je nog steeds super', gaf hij toe.
'Maar onze levens verschillen zo enorm. Jij zit daar in die
grote stad met al die mensen die ik niet ken. En je gaat naar
allemaal hippe feestjes. En ik zie je nog maar zo weinig
omdat je altijd wel weer ergens naartoe moet voor je werk.
Dat maakt mij gewoon onzeker. En dan zie ik je ook nog half
zoenend met die vent. Ik ben zo bang dat ik je verveel en in
de weg zit met mijn saaie leventje.'

Wouter was wat dat betreft net een vrouw, dacht Jill. Hij had
geen enkele moeite met het tonen en verwoorden van zijn
gevoelens. Iets waar Jill als een blok voor was gevallen in het
begin. 'Maar... maar', bracht ze huilend en stotterend uit. 'Ik
wil niet dat het over is tussen ons. Ik ben nog steeds gek op
je. En ik zal echt proberen vaker thuis te komen. Echt, ik zeg
wel wat klussen af. De meiden klaagden gisteren ook al dat
ze me zo weinig zagen en dat ze me niet meer herkenden.
Dat ze echt nooit verwacht hadden dat ik met types als Ashita
om zou gaan.'

Jill hoorde het zichzelf zeggen en besefte hoe eenzaam ze
zich voelde. Het leek wel of de hele wereld zich tegen haar
gekeerd had. Haar ouders waren verdrietig dat het zo slecht
ging op school en vertrouwden haar toch niet helemaal
als het aankwam op drugs. Haar vriendinnen vonden het
wereldje waarin Jill nu leefde in het begin nog wel spannend.
Maar langzaam veranderde hun mening. Ze werden bang

dat ze hun beste vriendin zouden kwijtraken. En nu Wouter die het uit wilde maken. Waar was het in hemelsnaam misgegaan? 'Dus je wilt het uitmaken?' snotterde ze.

Wouter keek haar aan en haalde zijn schouders op. 'Ik weet het niet, maar zo gaat het ook niet langer. Ik moet gewoon even aan mezelf denken ook. Ik heb geen zin om iedere keer onzeker thuis te zitten, bang dat mijn vriendin van alles uitspookt. Ook al geloof ik wel dat je dat niet doet!' zei hij er snel achteraan. 'Misschien moeten we gewoon allebei even wat tijd voor onszelf nemen. Dan kun jij je tenminste echt concentreren op je carrière en ik op mijn studie. Misschien dat ik volgend jaar ook wel op kamers ga. Dan wordt het nog moeilijker om af te spreken.'

De woorden van Wouter kwamen superhard aan. En hoezo ging hij opeens op kamers? Daar had hij nog nooit met haar over gesproken!

Wouter zag de wanhopige blik van Jill en pakte zachtjes haar hoofd vast. Hij streek het haar uit haar gezicht en kuste haar lief op haar voorhoofd. 'Sterkte, hè, lieverd, ik ga je missen. Sorry.' Hij stond op en liep haar slaapkamer uit. Bij de deur draaide hij zich nog een keer om. 'Succes nog met die klus voor Red Rose. Ik weet zeker dat je hem binnensleept en de wereld gaat veroveren. Echt.'

'Natuurlijk', mompelde Jill toen haar ex-geliefde de deur uit was. Dat kon er ook nog wel weer bij. Er is vast geen mens op de wereld die nu meer pech heeft dan ik, dacht ze.

# 24

'Ah, ik had je al hier verwacht. Kom binnen. Let niet op de rommel.' Alsof er niets aan de hand was stond John met een glas rode wijn in zijn hand ontspannen tegen de deurpost aangeleund.

'Wat heeft dit te betekenen?' Woest zwaaide Jill met de krant voor de neus van haar goede vriend. 'Waarom heeft die stomme agent van jou niet gezegd hoe het zit? Waarom moest hij nou weer insinueren dat we heel misschien toch een relatie hebben?'

Drie dagen na de eerste vreselijke publicatie op lookather. com stond er die ochtend op de roddelpagina van 's lands grootste dagblad een artikel over de mogelijke relatie tussen John en Jill. En alsof de duivel ermee speelde, hadden ze enkel mensen aan het woord gelaten die de relatie tussen hen bevestigden.

Allereerst was die stomme Ashita zo dom geweest om haar mond open te doen. Toen Jill haar erover had gebeld, had ze gezegd: 'Huh? Oh, was dat dan een roddeljournalist, joh? Ja, wist ik veel. Ik was hartstikke dronken, man. Jennifer had me net de bons gegeven. Ik had al een hele fles wodka leeg gezopen. Maar, hé, weet je al dat ik weg moet bij Amazing

Models? Hoe kut is dat, hè. Ik moet ook op zoek naar een ander huis. Ach, die doos van een Jennifer ging me toch vervelen met haar moederlijke gezeik.' Ashita stak een heel verhaal af over haar tijd bij Amazing Models en vroeg niet één keer hoe het nou met Jill ging. Hoezo egoïstisch?

'Nou, je wordt bedankt', had Jill door de telefoon gesnauwd. 'Omdat jij bevestigd hebt dat het over is tussen mij en Wouter denkt iedereen nu helemaal dat ik een relatie heb met John. En hoezo, hij zou een keer zijn blijven slapen? Waar haal je die onzin nou vandaan?'

Ashita snapte er nog steeds niets van. 'Ja, die John toch? Die vriend van je. Uit je oude dorp, je weet wel.'

'Wouter, bedoel je.'

'Ja, Wouter. Dat zeg ik toch?'

Jill zuchtte heel diep. 'Laat ook maar, je bent nog steeds niet nuchter, hè?'

Nadat ze had opgehangen sms'te ze Simone. Waarom had die Ashita in hemelsnaam verteld dat het uit was tussen haar en Wouter?

De gordijnen zaten dicht en verspreid over de salontafel stonden flessen wijn en een asbak die dringend geleegd moest worden. De bank was bedekt met kussens en dekens en op de grond lagen dozen met pizzaresten. Het leek wel alsof John zich al wekenlang had opgesloten.

John zag de afkeurende blik van Jill en zei snel: 'Ik zei het je toch... rommel.' Vanuit de keuken kwam een man aangelopen. Zijn haar zat in de war en hij droeg een rode satijnen badjas.

'Jill, dit is Erik. Erik, Jill.'

Jill kende Erik wel van gezicht. Hij was een goede vriend

van John die weleens meeging naar rodeloperfeestjes als
John even geen zin had in een vrouw. Dat had hij haar nog
uitgelegd toen ze bij hem lasagne kwam eten.

John schoof de dekens opzij en maakte plaats op de bank
voor haar. 'Hier', zei hij en hij klopte met zijn hand op de
bank. 'Kom zitten en word een beetje kalm. Wil je anders
ook een glaasje wijn?'

Jill schudde haar hoofd. Het was nog maar twee uur 's
middags en ze was echt geen junkie, ook al deed de media
anders voorkomen. Geen alcohol voor vier uur 's middags
was de regel. In haar tas ging haar telefoon. Dat moest
iemand van thuis zijn. Ze had haar oude simkaart terug-
gevonden en dat nummer gebruikte ze nu tijdelijk. Niemand
anders dan haar familie, vrienden en Jennifer hadden dit
nummer, want ze wilde niet opgebeld worden door de pers of
andere aasgieren.

Het was haar moeder. Het kon ook niet missen. Die had
vandaag al een stuk of tien keer gebeld. Jill had niet voor
niets een briefje op de keukentafel achtergelaten toen ze
vanmorgen weer vertrok naar haar eigen huis. Ze moest
terug naar de stad. En ze moest John spreken na het verhaal
in de krant. En ze wilde ook even langs bij Amazing Models,
omdat ze bang was dat nog meer klanten klussen hadden
gecanceld, net als Red Rose. Als ze dat aan haar ouders zou
zeggen, hadden die haar ongetwijfeld tegengehouden, dus
was ze maar stiekem weggeslopen en had ze een briefje op
de tafel gelegd.

Amber en Jansje hadden haar ook al een keer gebeld.
Waarom ze zomaar was vertrokken en dat haar ouders echt
een beetje ongerust werden. Kortom: niemand belde even
zomaar, voor de gezelligheid.

'Mam', nam Jill gehaast op. 'Ik zit nu bij John. Ik bel je zo terug. ... Nee, je hoeft je geen zorgen te maken. Ik wil gewoon even een aantal dingen rechtzetten, oké? Ik ben het zat om maar te zitten toekijken hoe de media allemaal roddels over mij verspreiden.' Jill beëindigde het gesprek en zette haar telefoon uit. Even rust.

'Glaasje cola dan maar?' John kwam de kamer weer in en zette een groot glas fris voor haar neus. 'Zo, vertel. Wat kan ik voor je betekenen?'

'Heb je dit artikel al gelezen?' vroeg Jill voor de zekerheid.

'Nee, niet gelezen. Maar mijn agent had me wel verteld dat ze hem hadden geïnterviewd, dus ik verwachtte al wel dat je zou langskomen.'

'Waarom doet die agent van jou net alsof wij toch een relatie hebben? Hier, lees dit: "John en Jill hebben inderdaad een zeer intieme band met elkaar. Dat kan ik bevestigen. Wat ze in de slaapkamer uitspoken weet ik natuurlijk niet, maar het zijn allebei jonge mensen in de bloei van hun leven, dus ik kan me er wel iets bij voorstellen." Dat zeg je toch niet?' reageerde Jill verontwaardigd. 'Hij weet toch ook wel dat wij niets hebben, of niet soms?'

John knikte. 'Ja. Dat zou hij moeten weten, ja.'

'En moet je die reactie van Danielle lezen! Die blijft mij ook maar onderuithalen. Ze geniet er gewoon van. Eerst die foto's, nu dit. Echt, ik weet zeker dat Danielle erachter zit, hoor.'

'Hoe bedoel je?' vroeg John.

'Nou, die foto's! Ik zei toch dat ik het gevoel had dat ik werd gevolgd door zo'n blonde vrouw de hele avond? Ik weet bijna zeker dat Danielle haar de opdracht heeft gegeven. Die is zo vreselijk jaloers!'

'Hmmm', dacht John na. Danielle had zich altijd wel als een prinsesje gedragen dat meteen op haar achterste poten stond als ze niet de aandacht kreeg die ze wilde, dus John vond het idee niet zo vreemd. 'Wat zegt ze dan?' Hij zette zijn bril op. '"Ik ken Jill natuurlijk niet persoonlijk, maar ik weet zeker dat ze een slechte invloed op hem heeft. Hoe kan zo'n jong ding nou weten wat hij nodig heeft? Haar leven draait enkel om feesten, drugs, drank en af en toe een beetje werken. Ik heb uit betrouwbare bron vernomen dat ze ook op de werkvloer niet altijd even nuchter is, maar dat terzijde. Toen ik nog met John was, hielp ik hem ook echt met zijn carrière. Ik steunde hem. Kookte voor hem als hij laat thuiskwam. Zo'n vrouw heeft hij nodig. Eentje waar hij mee voor de dag kan komen. Die hem aanvult. Waarom hij mij ingeruild heeft voor haar? Ach, hij zal ook zijn mannelijkheid wel achterna-lopen, als je snapt wat ik bedoel."'

John wist niet of hij moest lachen om de ontzettend kinder-achtige uitspraken van Danielle of mee moest huilen met Jill. Dit artikel was echt te belachelijk voor woorden, dat was wel zeker. Hoe kon een journalist nou de woorden van een jaloerse ex voor waarheid aannemen? En dan zijn agent. Dat was soms ook een eikel eersteklas. Alles voor de kijkcijfers en Jill werd daar gewoon voor gebruikt. Meestal ergerde hij zich niet zo aan dit soort dingen. Hij vond de regel die zijn agent voor hem had opgesteld in het begin van zijn carrière prima. Het had hem tenslotte veel opgeleverd. Maar nu begon het aan hem te knagen. Jill was anders dan de vrouwen die hij soms voor zijn karretje spande. Jill was echt een goede vriendin, geen korte flirt die zelf ook genoot van de extra publiciteit. Jill was puur, lief en onschuldig en dit keer was zijn agent te ver gegaan.

'Nou, wat vind je ervan?' vroeg Jill, die ongeduldig met haar benen zat te wiebelen. 'Je kijkt zo bedenkelijk, maar je hebt nog niets gezegd.'

John was in gedachten verzonken en had niet gezien dat Jill hem al een tijdje zat aan te staren. Zou hij...? Durfde hij? Zijn agent zou echt woest worden als hij het nu bekend zou maken. Maar hij kon Jill toch ook niet als schild gebruiken? Het was duidelijk dat Danielle boos was op Jill omdat zij zogenaamd haar vriend had ingepikt. En dat ging nu ten koste van Jills reputatie en carrière.

'Hoe heeft Wouter hierop gereageerd?' John durfde Jill niet recht in de ogen te kijken. Anders had hij wel gezien dat de blauwe kijkers van Jill vochtig werden.

'Oh, die heeft het meteen uitgemaakt. Hij kon er niet meer tegen. Al die roddels en paparazzi en zo. Hij wil volgens mij gewoon een "normale" vriendin, niet iemand als ik met zo'n raar leven.' Ze schraapte haar keel luid.

'En je ouders en vriendinnen?'

'Doodongerust!' antwoordde Jill kordaat. 'Mijn vader zou me volgens mij het liefst vastbinden bij hem op de bank. Hij is echt bang dat ik me te veel laat meeslepen. En je zou toch denken dat mijn vriendinnen het snappen, hè? Nou, mooi niet! Eerst vonden ze alles nog geweldig. Maar nu, na die foto's, zijn ze volgens mij ook een beetje bang voor het feit dat ik een heel ander leven leid dan zij. En dat is helemaal niet zo', schreeuwde Jill bijna wanhopig.

Hoe meer ze erover nadacht, hoe verdrietiger ze werd. Eigenlijk had ze op dit moment alleen John nog. Hij was de enige die haar geloofde en een beetje normaal en nuchter reageerde. 'Weet je', zei ze terwijl ze Johns hand pakte. 'Eigenlijk ben jij de enige vriend bij wie ik mijn hart nog kan uitstorten zonder een hele preek te krijgen.' Ze kneep even in zijn hand. Toen liet ze los. 'Alleen die agent van jou. Echt, wat een lul! Kun je hem niet ontslaan of zo?'

John wist het nu zeker. Hij moest het doen. Het zou een hoop oplossen voor Jill. Danielle zou haar met rust laten en hopelijk zou Wouter haar terug willen als hij zeker wist dat zijn ex-vriendin niets met hém had.

John had al vaker op het punt gestaan het te bekennen, maar iets hield hem altijd tegen. Vaak was het zijn agent: 'Jongen, je weet toch waarom je zo populair bent? De vrouwen zijn dol op je! Verpest het nou niet', zei hij dan vol overtuiging. En op andere momenten vond John het eigenlijk ook wel makkelijk zo. De pers die hij over zich heen kreeg als hij weer een nieuwe vriendin had, was lang niet zo erg als dat ze erachter kwamen hoe het echt zat.

'Jill.' Haar naam kwam zacht uit zijn mond. 'Ik moet je wat vertellen.' Zo, nu kon hij niet meer terug. Boven hoorde hij Erik de douche uitzetten. Voor hem moest hij het ook vertellen. Het was al lang genoeg een duister geheim geweest.

Jill keek haar vriend afwachtend aan.

'Ik val op mannen.' Zo, dat was eruit. Hij dronk zijn glas rode wijn in één teug leeg en vulde het meteen weer bij.

'Wat?' Jill wist van verbazing niet meer hoe ze moest zitten op de bank. Ze was veel te opgewonden. 'Homo? Jij?'

John stak zijn hand omhoog. '*Guilty as hell.*'

'Hoe heb je dat in hemelsnaam al die tijd verborgen gehouden? En waarom?' Jills ogen waren nog ronder dan schoteltjes en ze voelde een lach vanuit haar tenen opstijgen. Alle spanning van de afgelopen dagen viel van haar af. Het verhaal nam ook zo'n bizarre wending.

Nadat John nog een flinke slok wijn had genomen, vertelde hij het hele verhaal. Dat hij al vanaf zijn tweeëntwintigste wist dat hij op mannen viel, maar daar toen nog niet voor uit durfde te komen. En dat toen hij eenmaal uit de kast wilde komen, zijn agent hem dat afgeraden had. Hij stond aan het begin van een mooie carrière en die zou beter gelanceerd worden als alle vrouwen voor hem konden vallen. En dat kan natuurlijk niet met een homo. De vrouwen waar hij mee op de rode loper verscheen, waren eigenlijk gewoon een dekmantel. Om ervoor te zorgen dat de pers geen argwaan kreeg. En zo zorgde zijn agent er ook voor dat John met zijn naam in de bladen bleef.

'En al die meiden dan? Hadden die nooit iets door? Had je weleens... nou ja, je weet wel.'

'Of ik seks met ze had?' lachte John, nu ook heel wat minder gespannen. 'Nee, nooit. Bah, ik moet er niet aan denken. Die rare borstendingen.' Hij keek naar Jill. 'Oh, sorry. Dat bedoel ik natuurlijk niet zo. Haha. Ik vind vrouwen echt wel heel mooi, hoor, maar ik raak er niet opgewonden van of zo.'

Jill wist niet wat ze hoorde. Haar oren gloeiden van de spanning. Dit verhaal was gewoon te maf voor woorden. Ze had nog zoveel vragen voor haar goede vriend, die opeens homo bleek te zijn!

'Ik vertelde ze altijd dat ik pas met ze het bed wilde delen als ik een speciale band met ze had opgebouwd. Dat ik het alleen deed met vrouwen waar ik iets speciaals mee had. Man, je had ze moeten zien als ik dat zei. Dan werden ze nog verliefder op mij. Haha.' John lachte hard om zijn eigen verhaal. 'En ik zorgde er wel voor dat ik het tijdig weer uitmaakte.'

Vandaar dat Danielle ook zei dat ze nooit het bed met hem

had gedeeld. Dat had nog geen enkele vrouw. Ze moesten eens weten. Hun droomman... haha.

'Weet je nog dat ik je laatst vertelde dat ik wel verliefd was, maar dat het een onmogelijke liefde was?'

Jill knikte. Dat had hij inderdaad een keer gezegd tijdens het eten. 'Had je het toen over een man? Heb je een vriend?' Jill viel bijna van de bank van nieuwsgierigheid.

John kreeg een ondeugende fonkeling in zijn ogen.

'Jaaa dus!' gilde Jill. 'Wie?! Ik wil het weten, hoor!'

Op dat moment ging de deur van de huiskamer open en kwam Erik fris en fruitig de kamer binnen. Jill keek naar John en toen weer naar Erik en wist voldoende. 'Jullie? Zijn jullie een stel?' Ze wees naar Erik, die niets wist van Johns bekentenis en zich doodschrok dat iemand op de hoogte was van hun geheim.

John stond op, liep naar Erik toe en gaf hem een kus op zijn mond. 'Stil maar, schatje, ik heb het haar net allemaal verteld.'

Het huis van John zag er weer netjes uit en de kamer vulde zich met de heerlijke geur van verse pasta met basilicum. Een van Jills favorieten. John vertelde haar dat hij en Erik elkaar, door de omstandigheden, niet vaak zagen en dat ze zich dus soms een paar dagen opsloten in hun huizen om samen te zijn. Wat meteen de gesloten gordijnen en de troep verklaarde. De rest van de wereld bestond op zulke dagen even niet.

'Wil je geraspte kaas op je pasta, Jill?' John en Erik stonden gezellig te kokkerellen in de keuken – alhoewel gezellig... de twee konden met hun gekibbel wel voor een getrouwd stel doorgaan.

'Ja, doe maar lekker veel!' Jill werd steeds hongeriger. Ze had door de spanning de laatste dagen weinig gegeten en het leek alsof haar maag haar nu liet weten dat ze haar schade moest inhalen.

Eenmaal boven een bord dampende pasta gooide ze het hoge woord eruit: 'Zeg, John en Erik. Gaan jullie dit nu ook aan de pers vertellen? Over dat jullie, nou ja, je weet wel, een stel zijn?'

Erik keek naar John, die even één seconde leek na te denken en toen zei: 'Ik denk dat het maar eens tijd wordt om voor mijn geaardheid uit te komen. Ik wil niet meer in het geheim moeten afspreken met Erik. Ik wil dat de hele wereld weet wat ik voor hem voel.' Hij pakte zijn hand en keek hem smoorverliefd aan.

'En je agent dan?' hielp Jill hem herinneren.

'Die kan de pot op! Ik heb het spelletje lang genoeg meegespeeld. Als dit het einde van mijn carrière zou betekenen, dan moet dat maar. Kom op, zeg! We leven in de eenentwintigste eeuw, zo bekrompen zijn we toch niet in dit land? Of wel soms?' John keek vastberaden naar Jill en toen naar Erik.

'Lieverd', zei hij daadkrachtig. 'Ik ben gek op je en dat mag de hele wereld weten!'

Jill lachte.

'Wat?' zeiden Erik en John allebei tegelijk.

'Sorry, hoor', proestte ze. 'Het is gewoon zo'n komisch tafereel. Twee van die smoorverliefde mannen die tot gisteren nog ongelooflijke womanizers leken.'

'Ik ben blij dat je het morgen bekend gaat maken, want die paparazzi laten me maar niet met rust. Toen ik net terug-fietste van je huis zou ik zweren dat ik werd achtervolgd door zo'n idioot. Echt, wat moeten ze van me? Nou, slaap lekker, John. Ik spreek je morgen.' Jill zette haar telefoon uit en viel binnen vijf minuten in een diepe slaap.

# 25

De uitzending zat erop. Heel het land, althans de 2,3 miljoen kijkers van *Achterklap*, waren op de hoogte van het feit dat de meest begeerde acteur niet op vrouwen viel. Dag droombeeld van prins John op het witte paard. John was zo dapper om live op televisie uit de kast te komen. Natuurlijk deed hij dat ook uit eigenbelang. Zo kon hij zijn echte verhaal vertellen en konden de roddeljournalisten straks niet met een verzonnen verhaal op de proppen komen.

'En Jill? Die moet wel geschrokken zijn. Haar vriend, homo', had de presentator meesmuilend gevraagd.

Jill, die achter de schermen toekeek, bekeek de presentator boos. Hij wist allang hoe de vork in de steel zat. Dat hadden ze hem voor de uitzending al uitgebreid verteld. Dat ze echt vrienden waren en zo. Maar goed, sensatieverhalen scoorden nou eenmaal beter. Gelukkig wist John hier een zinnig antwoord op te geven.

'Zoals wij altijd al naar de pers hebben gecommuniceerd, is er enkel een zeer goede vriendschap tussen ons. De enige relatie die wij hebben is een broer-zusrelatie. Ik ben toch ook veel te oud voor zo'n prachtig jong meisje?' grapte hij en hij gaf Jill een stiekeme knipoog.

'Oh ja', maakte hij nog even van de gelegenheid gebruik. 'Dan wil ik nu we het over Jill hebben toch ook nog wel even kwijt dat alle verhalen die over haar in de pers zijn verschenen de afgelopen dagen onzin zijn. Verzonnen door een jaloerse ex van mij.'

Jill glimlachte achter de schermen. Dat had hij niet hoeven te zeggen. En toch kwam hij nog voor haar op. De schat.

De presentator haalde zijn schouders op. 'Ach, vrouwen. Je weet hoe gemeen die voor elkaar kunnen zijn, hè.' Hij gaf John een speelse por in zijn zij en lachte zijn onnatuurlijk witte tanden bloot. Iedereen wist dat de presentator een grote flirt was en enkel op bekende mannen viel. Hij was zo te zien vastbesloten om de net uit de kast gekomen John aan de haak te slaan. 'Goed, genoeg over vrouwen', ging hij door. 'Vertel me eens op wat voor mannen je valt.'

John proestte het uit. 'Niet op nieuwsgierige mannen in ieder geval. De rest is privé.'

Jill stak haar duim op naar John. Zo, die kon die roddel-koning in zijn zak steken!

Even, maar dan ook echt maar heel even, was Jill een piepklein beetje teleurgesteld dat haar naam slechts één keer genoemd werd in de kranten van vandaag. Zelfs op blogs werd ze amper nog vermeld. Dat was wel even anders een paar dagen geleden toen iedereen haar nog een junk, slet en vriendjesinpikker noemde. Het showbizznieuws van vandaag werd gedomineerd door John. En omdat nu wel duidelijk was dat ze zijn vriendinnetje niet was, werd Jill buiten beschouwing gelaten. Het feit dat John uit de kast was gekomen, was veel boeiender nieuws. Aan de andere kant was Jill reuzeblij dat ze niet meer in de spotlights stond en dat alle verhalen nu waren vergeten. Jill was weer gewoon Jill. Er stonden geen paparazzi meer voor haar deur en toen ze naar de supermarkt ging om een pak melk te halen, werd ze maar één keer aangesproken. Eén keer maar! Misschien moest ze John nog maar eens bedanken. Door zijn verhaal te vertellen was haar leven weer zo goed als normaal. Danielle zou nu vast ophouden met haar het leven zuur te maken. En zo werkte dat in de showbizzwereld. Je was *hot news* totdat iemand je met nog hotter nieuws oversteeg.

Toen ze net achter een bord biologische salade zat – op advies van Jennifer, die vond dat Jill wel wat meer op haar eetgewoontes mocht letten – ging de deurbel. Simone was vast haar huissleutel vergeten toen ze boodschappen ging doen. Op haar sloffen liep ze naar de voordeur, kauwend op een stukje brood. Maar het was Simone niet. Jill verslikte zich bijna. 'Danielle', zei ze verbaasd. 'Wat doe jij hier?'
'Mag ik even binnenkomen?' Danielle keek naar haar voeten om Jill maar niet aan te hoeven kijken.
'Nou, als je me niet vermoord, kom binnen', grapte Jill van de zenuwen en ze hield de deur voor haar aartsvijand open. 'Wil je wat drinken?' vroeg ze voor de beleefdheid.
'Een glaasje water graag.'
Shit, ze was dus ook nog van plan om even te blijven. Jill pakte een glas en draaide de kraan open. Wat moest Danielle toch van haar? 'Ga zitten.'
Voorzichtig nam Danielle plaats aan de keukentafel. Jill zette haar salade opzij. Ze had toch geen honger meer nu. Ongemakkelijk keken de vrouwen elkaar aan. Tegelijkertijd begonnen ze te praten.
'Sorry', zei Jill. 'Ga jij maar. Jij wilt me vast wat vertellen.'

Danielle knikte. 'Ik wil eigenlijk zeggen dat het me spijt.'
Verlegen staarde ze naar haar glas water. De zelfverzekerde
Danielle, socialite en het populaire nichtje van, was al haar
arrogantie vergeten bij Jill aan de keukentafel.
'Waarvan heb je spijt?' vroeg Jill. Danielle had haar veel pijn
gedaan. En haar carrière bijna geruïneerd. Ze nam echt geen
genoegen met een sorry.
'Je weet wel', stamelde Danielle nu. Ze was duidelijk niet
gewend om haar excuses aan te bieden. 'Voor mijn kinder-
achtige gedrag. En dat ik niet geloofde dat jij John niet van
mij had afgepakt.' Haar wangen kleurden rood van schaamte.
'Wat gênant, zeg. Hij is gewoon homo. En ik dacht... nou ja,
je weet wel!'
Jill knikte. Stiekem vond ze het wel vermakelijk om Danielle
zo door het stof te zien kruipen.
'En het spijt me ook van die foto's.'
'Welke foto's?' vroeg Jill voor de zekerheid.
Danielle keek op. 'Weet je dat niet? Van die avond in Rain
natuurlijk. Die had een vriendinnetje van mij gemaakt.
Toen ze mij opbelde en vertelde dat jij en John daar samen
waren, werd ik zo boos. Ik heb toen gevraagd of ze niet wat
lullige foto's van je kon maken. Wist ik veel dat jij met al die
coke snuivende mensen omging? En ja, die redactrice van
lookather.com smulde er natuurlijk van toen ik ze naar haar
stuurde. Die heeft het verhaal nog groter gemaakt dan ik
eigenlijk wilde. Nu pas besef ik hoe erg het voor jou geweest
moet zijn.'
Jill zag oprechte spijt in de ogen van Danielle, maar toch
kon ze haar niet zomaar vergeven. 'Dat kun je, denk ik,
niet beseffen', antwoordde ze misschien iets te bot. 'Mijn
ouders vertrouwden me niet meer en mijn beste vriendinnen

keurden mijn leven hier af. Ook al weten ze nu dat het allemaal leugens waren, het blijft wel hangen. En mijn vriend heeft het uitgemaakt. Die zag opeens in dat onze levens toch wel erg verschillen. Die wil liever een "normale" vriendin die niet in de spotlights staat.' Ze bleef opmerkelijk kalm toen ze Danielle vertelde waartoe haar jaloezie allemaal had geleid.

Danielle voelde zich vreselijk schuldig. 'Het spijt me echt enorm', zei ze nog een keer. 'Ik weet dat het je relatie niet redt en zo, maar ik heb misschien wel iets anders om het een heel klein beetje goed te maken.'

Jill keek haar aartsvijandin nu nieuwsgierig aan. 'Oh?' reageerde Jill vragend. 'Wat dan?'

'Nou, het minste wat ik kon doen was natuurlijk mijn oom bellen. Door mij raakte je ook de klus voor Red Rose kwijt. Ik heb hem gesmeekt om jou alsnog te boeken voor die klus.'

Jills ogen werden groot. 'En?'

'Hij wil je!' zei Danielle. 'Echt, hij zal je agente vandaag bellen om het contract rond te maken.'

Jills blik werd zachter. 'Dank je', zei ze.

Danielle wuifde het weg. 'Dat was wel het minste wat ik kon doen.'

# 26

'Wil je nog een caffè latte, Jill?'
David Michel stond in de rij bij Starbucks en had al drie
espresso's achter de kiezen. Na zo'n lange vliegreis was dat
echt nodig, zei hij bij ieder kopje. Jill en haar gloednieuwe
opdrachtgever stonden samen in een van de duizenden kof-
fietentjes in hartje Manhattan, New York. Jill was gisteren al
aangekomen in de wereldstad en David had een vlucht later
genomen, zodat hij bij de fotoshoot aanwezig kon zijn. Het
was niet heel gebruikelijk, dacht ze, om met je opdrachtgever
een kop koffie te drinken bij Starbucks, maar David was een
uitzondering. Misschien ook wel omdat hij zich nog een
beetje schuldig voelde over het gedrag van zijn nichtje.
'Ja, lekker', antwoordde Jill. Ze zat aan een tafeltje bij het
raam en staarde dromerig naar buiten. De hoge kantoor-
gebouwen glansden prachtig in het zachte voorjaarszonnetje.
De mensen op straat leken uit een film te komen. En dan de
*yellow cabs*! Die reden af en aan. Jill dacht eigenlijk dat het
een soort mythe was, die gele taxi's. Maar ze reden er echt!
Toen Jill er vanmorgen één wilde aanhouden voor het hotel,
voelde ze zich net Carrie Bradshaw in *Sex and the City*. Wat
een wereldstad was New York toch! En precies zoals je op

televisie zag. Of nee, eigenlijk nog mooier. Ze was er nog maar anderhalve dag, maar ze was nu al smoorverliefd op *the city that never sleeps*. De energie die er hing werkte aanstekelijk. Ze had gisteren de hele middag door de stad geslenterd en 's avonds ook.

David kwam terug met een kop dampende koffie. 'Proost', zei hij lachend. 'Op een geweldige campagne voor Red Rose.' Jill duwde haar dampende mok tegen die van David aan. Het was dan wel geen champagne, maar ach. Het succes werd er niet minder groot om!

Toen Jill afscheid van David had genomen, pakte ze de metrokaart van New York. Een soort doolhof van allemaal gekleurde lijntjes. Waar zou ze nu naartoe gaan? Er was zoveel te zien in de stad en ze was er maar een weekje, waarvan ze ook nog eens twee dagen moest besteden aan de fotoshoot voor Red Rose. Samen met een heel bekend mannelijk model uit Amerika – volgens Jennifer deed hij ook klussen voor Calvin Klein en was hij ooit het gezicht geweest van Dolce & Gabbana – zou ze het gezicht worden van de nieuwe, wereldwijde wintercampagne van het jeansmerk. Dit moest volgens Jennifer echt haar grote doorbraak worden en voor het eerst geloofde Jill haar agente. De campagne had een immense omvang en bereik en over de hele wereld zouden straks grote billboards hangen met haar hoofd erop. Jill stond er maar niet te lang bij stil. 'Hmm', mompelde ze. Ze keek naar boven, naar de lucht die strakblauw was. 'Het lijkt me wel een mooie dag om het Vrijheidsbeeld eens van dichtbij te bewonderen', zei ze tegen zichzelf. Hét ultieme bewijs dat ze daadwerkelijk in Amerika was. Iets waar ze als klein meisje al van droomde. Het verre, onbereikbare en grote New York was opeens bereikbaar geworden. Jill kon het niet laten om een klein gilletje te slaken. Haar ouders zouden haar nu moeten zien... Wat was hun dochter toch een wereldburger!

*'If you can make it there, you'll make it anywhere.'* De wijze woorden van Frank Sinatra klonken uit de tas van Jill. Voor de gelegenheid had ze haar ringtone veranderd in hét lijflied van New York. 'Hé, Jen!' nam Jill vrolijk op. 'Het is hier echt fantastisch! Ik sta net op het punt om op de ferry te stappen om het Vrijheidsbeeld te bewonderen.'
Aan de andere kant van de lijn lachte Jennifer. Ze was nu al zo vaak in New York geweest dat al die toeristische attracties haar niets meer deden. 'Wat fijn voor je, meid. Je vermaakt je daar dus wel?'
'Ik zou hier wel mijn hele leven kunnen blijven', ratelde Jill vrolijk door. 'Ik voel me er al helemaal thuis. En dat na pas twee dagen!'
Jennifer kende het gevoel. Dat had zij ook iedere keer weer als ze in New York was voor het werk. 'Nou, ik ben blij dat je het er naar je zin hebt. Maar waarvoor ik bel...' Jennifer nam een korte pauze. 'Heb je je agenda bij de hand?'
Jill graaide met één hand in haar tas. 'Yes, die heb ik.'
'Mooi', antwoordde Jennifer. 'Noteer dan maar: 404 Park Avenue South, 9th Floor. Daar moet je donderdag om twee uur zijn. En geen minuut later, hoor!'
Jill schreef driftig mee terwijl ze haar mobiel tussen haar schouder en oor klemde. 'Oké, en wat moet ik daar doen dan?'
Jill hoorde haar agente een tikkeltje samenzweerderig lachen aan de andere kant van de lijn.

'Je portfolio laten zien natuurlijk.'

'Oh', reageerde Jill nieuwsgierig terwijl ze de ferry aan zag komen varen. 'En aan wie dan?'

'Nou, een oude kennis van mij is *booker* bij Elite Model Management en ik had hem een paar van jouw foto's doorgestuurd, en nu je toch in New York bent, wil hij je graag even zien. Hij klonk wel geïnteresseerd.'

'Wat zeg je?' gilde Jill. 'Elite zoals in het wereldberoemde supergrote modellenbureau Elite?'

'Ja, dat Elite, ja', lachte Jennifer aan de andere kant van de lijn.

Jill wist niet wat ze hoorde. In de verte zag ze de vrouw van staal, met de brandende fakkel in haar hand. Morgen en overmorgen had ze een heel belangrijke en grote shoot gepland staan en dan mocht ze donderdag ook nog eens op bezoek bij het belangrijkste modellenbureau wereldwijd, Elite New York. Daar je portfolio mogen laten zien was al een hele eer... Laat staan als dat ook nog eens het begin zou blijken van een modellencarrière aan de andere kant van de oceaan. De ferry toeterde en de laatste passagiers stapten aan boord. Jill vergat bijna dat ze ook mee wilde. Eenmaal aan boord voelde ze de wind door haar haren wapperen. Ze ademde diep in en nam een flinke hap frisse lucht. De vrouw met de fakkel werd steeds groter en echter naarmate de ferry Liberty Island naderde. Jill voelde een gelukstraan langs haar wang glijden en tegelijkertijd verscheen er een grote glimlach op haar lippen. Heel even dacht ze aan Wouter. Hij had haar nog succes gewenst voordat ze naar New York was vertrokken, maar daarna had ze niets meer van hem vernomen. Ze had er nog steeds verdriet om, maar ze moest wel bekennen dat zo'n bijzondere reis naar New York de pijn een beetje verzachtte. Midden op de Hudson leek het huiswerk dat ze nog moest maken om haar schooljaar alsnog te halen ook even heel ver weg. Die stress kwam wel weer als ze terugkwam. Dan was het gewoon even een paar weken lang verstand op nul en studeren maar. Met een eventueel contract bij Elite New York in het vooruitzicht zou dat vast wel lukken. Jill pakte haar fototoestel uit haar tas en maakte een foto van zichzelf, met op de achtergrond het Vrijheids-beeld. Ze bekeek de foto en zag hoe haar ogen straalden. Nog nooit in haar leven had ze zich zo gelukkig gevoeld als op dit moment. Moederziel alleen, op de ferry in *the Big Apple*.

Jill is een doodnormale, vlotte meid, niets bijzonders, vindt ze zelf. Maar als ze op een shoppingtripje een flyer van het nieuwe televisieprogramma *Supermodel in de maak* in haar handen geduwd krijgt, verandert haar leven. Ze schrijft zich in en dringt tot haar eigen verbazing door tot de laatste ronde met twaalf meisjes.

Niet veel later zit ze in een chic modellenappartement en wordt haar doen en laten gevolgd door cameramannen en een strenge jury. Ze valt van de ene verbazing in de andere en ontdekt dat achter de glitter en glamour ook heel veel afgunst, verveling en nijd schuilt. Houdt ze het lang genoeg vol om de finale te halen? Kan ze de verleidingen van het modellenleven weerstaan? En zal de relatie met haar kersverse vriendje haar afwezigheid overleven?

ISBN 978 90 223 2396 0